好花时节不闲身

丰子恺漫画序跋集

丰子恺／绘

杨子耘／编

北京时代华文书局

目录

写在前面

文 / 杨子耘

接到编辑部电话，让为《好花时节不闲身：丰子恺漫画序跋集》作序。听到是为漫画序跋集作序，顿觉很是新鲜；但为郑振铎、夏丏尊、朱自清、俞平伯等先生的序跋，以及丰子恺先生的自序作序，又颇觉诚惶诚恐，毕竟这些都是我国第一流的大家，为他们的序跋写序，难免狗尾续貂。想到一个也许可行的变通方法：改“序言”为“写在前面”。这样既避免了为序跋集写序言的尴尬，也把该对读者做出的说明给交代了。

《丰子恺漫画序跋集》里所收入的四十余篇序跋，可以分为两类：一类是丰先生的老师、同事、朋友为他的画集所写的序跋，另一类是丰先生的自序。从前一类序跋中，我们可以读到作者与丰子恺先生的真挚友谊，以及对于以往情谊的深情回顾。他们有的是丰子恺在浙江第一师范学校学习时期的老师，有的是春晖中学、立达学园和开明书店时期的同事，如马一浮、夏丏尊、郑振铎、朱自清、丁衍庸、刘薰宇、方光焘等，他们一同工作，情意相投，没有文人相轻，唯有文人相亲、文人相敬。即使有不同见解，也会极其坦率

直白地一一指出，如对于《楼上黄昏，马上黄昏》这幅画的构图，朱自清就在他的代序中直接提出了批评意见。而丰子恺先生的自序，简捷而直白，大多是创作与出版某本画集的缘起，也有的是把自己曾经发表的文章作为代序。

读者也许已经发现，《丰子恺漫画序跋集》所收录序跋的画集，只有少数几本是彩色画集，更多的是黑白漫画。这正是本书的一大特色：按出版年

代依次展现丰先生一生每个阶段的创作特色，同时探视“子恺漫画”发展的历程、创作思路的变换——从 20 世纪 20 年代具有新文化思想内涵的《子恺漫画》《子恺画集》等早期创作，到表现少年儿童天真无邪的《学生漫画》《儿童漫画》，再到用漫画表现乡野文化与都市文化的《云霓》《人间相》《都会之音》，再到战争年代“凭五寸不烂之笔来对抗暴敌”的《大树画册》《客窗漫画》《人生漫画》《又生漫画》，最后在逃难的途中从桂林到遵义到重庆，

一路上完成作品的最后定型：专门供画展展出的彩色漫画。这套彩色漫画在丰先生生前并未公开出版，直到 1988 年在新加坡展出时才以《丰子恺精品画集》之名正式出版。近年来在中国各地大街小巷都能见到的精神文明宣传画，就是中央文明办从这一套彩色绘画中甄选出来的。为此中央文明办二局还致信上海市委宣传部、文明办："你们大力支持和协调丰子恺先生亲属热心公益无私奉献，向中央文明办提供了丰子恺先生创作的一大批漫画作品。我们已从中选取并制作成平面类公益广告通稿 14 幅、网络和手机类 65 幅、

展板类 21 幅、电子显示屏类 32 幅、围挡类 5 幅，合计 137 幅，为公益广告宣传做出了贡献。”

本书的编排大致按照各画集出版年月，从丰先生的第一本画集《子恺漫画》始，至 1971 年创作《敝帚自珍》，丰先生在这最后一本画集的序言中写道：“旧作都已散失。因追忆画题，重新绘制，得七十余帧。虽甚草率，而笔力反胜于昔。因名之曰《敝帚自珍》，交爱我者藏之。今生画缘尽于

此矣！”一代漫画大师就此结束了长达近半个世纪的漫画创作。“子恺漫画”以其悦目的画面、鲜明的主题、深刻的寓意、丰富的内容，给人以教育与启迪。这些画从最初创作，至今已近百年，但在当今社会仍深受读者喜爱，仍具有教育意义，这正应和了丰先生在文章里常说的一句话：“人生短，艺术长。”

这些，都是必须“写在前面”的。

谈自己的画

文 / 丰子恺

去秋语堂先生来信，嘱我写一篇《谈漫画》。我答允他定写，然而只管不写。为什么答允写呢？因为我是老描“漫画”的人，约十年前曾经自称我的画集为“子恺漫画”，在开明书店出版。近年来又不断地把“漫画”在各杂志和报纸上发表，惹起几位读者的评议。还有几位出版家，惯把“子恺漫画”四个字在广告中连写起来，把我的名字用作一种画的形容词；有时还把我夹在两个别的形容词中间，写作“色彩子恺新年漫画”。这样，我和“漫画”的关系就好像很深。近年我被各杂志催稿，随便什么都谈，而独于这关系好像很深的“漫画”不谈，自己觉得没理由，而且也不愿意，所以我就答允他一定写稿。为什么又只管不写呢？因为我对于“漫画”这个名词的定义，实在没有弄清楚：说它是讽刺的画，不尽然；说它是速写画，又不尽然；说它是黑和白的画，有色彩的也未始不可称为“漫画”；说它是小幅的画，小幅的不一定都是“漫画”。……原来我的画称为漫画，不是我自己做主的，十年前我初描这种画的时候，《文学周报》编辑部的朋友们说要拿我的“漫画”去在该报发表。从此我才知我的画可以称为“漫画”，画集出版时我就遵用这名称，定名为“子恺漫画”。这好比我的先生（从前浙江第一师范的国文教师单不厂先生，现在已经逝世了）根据了我的单名“仁”而给我取号为“子恺”，我就一直遵用到今。我的朋友们或者也是有所根据而称我的画为“漫画”

妹妹新娘子，弟弟新官人，姊姊做媒人。

的，我就信受奉行了。但究竟我的画为什么称为“漫画”，可否称为“漫画”，自己一向不曾确知。自己的画的性状还不知道，怎么能够普遍地谈论一般的漫画呢？所以我答允了写稿之后，踌躇满胸，只管不写。

最近语堂先生又来信，要我履行前约，说不妨谈我自己的画。这好比大考时先生体恤学生抱佛脚之苦，特把题目范围缩小。现在我不可不交卷了，就带着眼病写这篇稿子。

把日常生活的感兴用“漫画”描写出来——换言之，把日常所见的可惊可喜可悲可哂之相，就用写字的毛笔草草地图写出来——叫人拿去印刷了给大家看，这事在我约有了十年的历史，仿佛是一种习惯了。中国人崇尚“不求人知”，西洋人也有“What's in your heart let no one know”的话。我正同他们相反，专门画给人家看，自己却从未仔细回顾已发表的自己的画。偶然在别人处看到自己的画册，或者在报纸、杂志中翻到自己的插画，也好比在路旁商店的样子窗中的大镜子里照见自己的面影，往往一瞥就走，不愿意细看。这是什么心理？很难自知。勉强平心静气观察自己，大概是为了太稔熟、太关切，表面上反而变疏远了的缘故。中国人见了朋友或相识者都打招呼，表示互相亲爱，但见了自己的妻子，反而板起脸不搭白，表示疏远的样子。我的不欢喜仔细回顾自己的画，大约也是出于这种奇妙的心理吧？

但现在要我写这个题目，我非仔细回顾自己的画不可了。我找从前出版的《子恺漫画》《子恺画集》等书来从头翻阅，又把近年来在各杂志和报纸上发表的画的副稿来逐幅细看，想看出自己的画的性状来，作为本题的材料。

无条件劳动

结果大失所望。我全然没有看到关于画的事，只是因了这一次的检阅，而把自己过去十年间的生活与心情切实地回味了一遍，心中起了一种不可名状的感慨，竟把画的一事完全忘却了。

因此我终于不能谈自己的画。一定要谈，我只能在这里谈谈自己的生活和心情的一面，拿来代替谈自己的画吧。

约十年前，我家住在上海。住的地方迁了好几处，但总无非是一楼一底的“弄堂房子”，至多添了一间过街楼。现在回想起来，上海这地方真是十分奇妙：看似那么忙乱，住在那里却非常安闲，家庭这小天地可与忙乱的环境判然地隔离，而安闲地独立。我们住在乡间，邻人总是熟识的，有的比亲戚更亲切，白天门总是开着的，不断地有人进进出出；有了些事总是大家传说的，风俗习惯总是大家共通的。住在上海完全不然。邻人大都不相识，门镇日严扃着，别家死了人与你全不相干。故住在乡间看似安闲，其实非常忙乱；反之，住在上海看似忙乱，其实非常安闲。关了前门，锁了后门，便成一个自由独立的小天地。在这里面由你选取甚样风俗习惯的生活：宁波人尽管度宁波俗的生活，广东人尽管度广东俗的生活。我们是浙江石门湾人，住在上海也只管说石门湾的土白，吃石门湾式的饭菜，度石门湾式的生活，却与石门湾相去数百里。现在回想，这真是一种奇妙的生活！

除了出门以外，在家里所见的只是这个石门湾式的小天地。有时开出后门去换掉些头发，有时从过街楼上挂下一只篮去买两只粽子，有时从阳台眺望屋瓦间浮出来的纸鸢，知道春已来到上海。但在我们这个小天地中，看不

BROKEN HEART（破碎的心）

出春的来到。有时几乎天天同样，辨不出今日和昨日。有时连日没有一个客人上门，我妻每天的公事，就是傍晚时光抱了瞻瞻，携了阿宝，到弄堂门口去等我回家。两岁的瞻瞻坐在他母亲的臂上，口里唱着："爸爸还不来！爸爸还不来！"六岁的阿宝拉住了她娘的衣裾，在下面同他唱和。瞻瞻在马路上扰攘往来的人群中认到了带着一叠书和一包食物回家的我，突然欢呼舞蹈起来，几乎使他母亲的手臂撑不住。阿宝陪着他在下面跳舞，也几乎撕破了她母亲的衣裾。他们的母亲呢，笑着喝骂他们。当这时候，我觉得自己立刻化身为二人。其一人做了他们的父亲或丈夫，体验着小别重逢时的家庭团圆之乐；另一个人呢，远远地站了出来，从旁观察这一幕悲欢离合的活剧，看到一种可喜又可悲的世间相。

他们这样地欢迎我进去的，是上述的几与世间绝缘的小天地。这里是孩子们的天下。主宰这天下的，有三个角色，除了瞻瞻和阿宝之外，还有一个是四岁的软软，仿佛罗马的三头政治。日本人有 tototenka（父天下）、kakatenka（母天下）之名，我当时曾模仿他们，戏称我们这家庭为 tsetse-tenka（瞻瞻天下）。因为瞻瞻在这三人之中势力最盛，好比罗马三头政治中的领袖。我呢，名义上是他们的父亲，实际上是他们的臣仆；而我自己却以为是站在他们这政治舞台下面的观剧者。丧失了美丽的童年时代，送尽了蓬勃的青年时代，而初入黯淡的中年时代的我，在这群真率的儿童生活中梦见了自己过去的幸福，觅得了自己已失的童心。我企慕他们的生活天真，艳羡他们的世界广大。觉得孩子们都有大丈夫气，大人比起他们来，个个都虚伪卑怯，又觉得人世间各种伟大的事业，不是那种虚伪卑怯的大人们所能致，都是具有孩子们似的大丈夫气的人所建设的。

我翻到自己的画册，便把当时的情景历历地回忆起来。例如：他们跟了母亲到故乡的亲戚家去看结婚，回到上海的家里时也就结起婚来。他们派瞻瞻做新官人。亲戚家的新官人曾经来向我借一顶铜盆帽。（注：当时我乡结婚的男子，必须戴一顶铜盆帽，穿长衫马褂，好像是代替清朝时代的红缨帽子、外套的。我在上海日常戴用的呢帽，常常被故乡的乡亲借去当作结婚的大礼帽用。）瞻瞻这两岁的小新官人也借我的铜盆帽去戴上了。他们派软软做新娘子。亲戚家的新娘子用红帕子把头蒙住，他们也拿母亲的红包袱把软软的头蒙住了。一个戴着铜盆帽好像苍蝇戴豆壳，一个蒙住红包袱好像猢狲扮把戏，但两人都认真得很，面孔板板的，跨步缓缓的，活像那亲戚家的结婚式中的人物。宝姐姐说"我做媒人"，拉住了这一对小夫妇而教他们参天拜地，拜好了又送他们到用凳子搭成的"洞房"里。

我家没有一个好凳，不是断了脚的，就是擦了漆的。它们当凳子给我们坐的时候少，当游戏工具给孩子们用的时候多。在孩子们，这种工具的用处真真广大：请酒时可以当桌子用，搭棚棚时可以当墙壁用，做客人时可以当船用，开火车时可以当车站用。他们的身体比凳子高得有限，看他们搬来搬去非常吃力。有时汗流满面，有时被压在凳子底下。但他们好像为生活而拼命奋斗的劳动者，决不辞劳。汗流满面时可用一双泥污的小手来揩摸，被压在凳子底下时只要哭脱几声，就带着眼泪去工作。他们真可说是"快活的劳动者"。哭的一事，在孩子们有特殊的效用。大人们惯说"哭有什么用？"原是为了他们的世界狭窄的缘故。在孩子们的广大世界里，哭真有意想不到的效力。譬如跌痛了，只要尽情一哭，比服凡拉蒙[1]灵得多，能把痛完全忘却，依旧遨游于游戏的世界中。又如泥人跌破了，也只要放声一哭，就可把泥人完全忘却，而热衷于别的玩具。又如花生米吃得不够，也只要号哭一下，便好像已经吃饱，可以起劲地去干别的工作了。总之，他们干无论什么事都认真而专心，把身心全部的力量拿出来干。哭的时候用全力去哭，笑的时候用全力去笑，一切游戏都用全力去干。干一件事的时候，把除这以外的一切别的事统统忘却。一旦拿了笔写字，便把注意力全部集中在纸上。纸放在桌上的水痕里也不管，衣袖带翻了墨水瓶也不管，衣裳角拖在火钵里燃烧了也不管。一旦知道同伴们有了有趣的游戏，冬晨睡在床里的会立刻从被窝钻出，穿了寝衣来参加；正在换衣服的会赤了膊来参加；正在洗浴的也会立刻离开浴盆，用湿淋淋的赤身去参加。被参加的团体中的人们对于这浪漫的参加者也恬不为怪，因为他们大家把全部精神沉浸在游戏的兴味中，大家入了“忘我”的三昧境，更无余暇顾到实际生活上的事及世间的习惯了。

成人的世界，因为受实际的生活和世间的习惯的限制，所以非常狭小苦闷。孩子们的世界不受这种限制，因此非常广大自由。年纪愈小，其所见的世界愈大。我家的三头政治团中瞻瞻势力最大，便是为了他年纪最小，所处的世界最广大自由的缘故。他见了天上的月亮，会认真地要求父母给他捉下来；见了已死的小鸟，会认真地喊它活转来；两把芭蕉扇可以认真地变成他的脚踏车，一只藤椅子可以认真地变成他的黄包车，戴了铜盆帽会立刻认真

① 一种解热镇痛药。

花生米不满足

地变成新官人，穿了爸爸的衣服会立刻认真地变成爸爸。照他的热诚的欲望，屋里所有的东西应该都放在地上，任他玩弄；所有的小贩应该一天到晚集中在我家的门口，由他随时去买来吃弄；房子的屋顶应该统统除去，可以使他在家里随时望见月亮、鹞子和飞机；眠床里应该有泥土，种花草，养着蝴蝶与青蛙，可以让他一醒觉就在野外游戏。看他那热诚的态度，以为这种要求绝非梦想或奢望，应该是人力所能办到的。他以为人的一切欲望应该都是可能的。所以不能达到目的的时候，便那样愤慨地号哭。拿破仑的字典里没有“难”字，我家当时的瞻瞻的词典里一定没有“不可能”之一词。

我企慕这种孩子们的生活的天真，艳羡这种孩子们的世界的广大。或者有人笑我故意向未练的孩子们的空想界中找求荒唐的乌托邦，以为逃避现实之所；但我也可笑他们的屈服于现实，忘却人类的本性。我想，假如人类没有这种孩子们的空想的欲望，世间一定不会有建筑、交通、医药、机械等种种抵抗自然的建设，恐怕人类到今日还在茹毛饮血呢。所以我当时的心，被儿童占据了。我时时在儿童生活中获得感兴。玩味这种感兴，描写这种感兴，成了当时我的生活的习惯。

欢喜读与人生根本问题有关的书，欢喜谈与人生根本问题有关的话，可说是我的一种习性。我从小不欢喜科学而欢喜文艺。为的是我所见的科学书，所谈的大都是科学的枝末问题，离人生根本很远；而我所见的文艺书，即使最普通的《唐诗三百首》《白香词谱》等，也处处含有接触人生根本而耐人回味的字句。例如我读了“想得故园今夜月，几人相忆在江楼”，便会设身处地地做了思念故园的人，或江楼相忆者之一人，而无端地兴起离愁。又如读了“流光容易把人抛，红了樱桃，绿了芭蕉”，便会想起过去的许多的春花秋月，而无端地兴起惆怅。我看见世间的大人都为生活的琐屑事件所迷着，都忘记人生的根本，只有孩子们保住天真，独具慧眼，其言行多足供我欣赏者。八指头陀诗云：“吾爱童子身，莲花不染尘。骂之唯解笑，打亦不生嗔。对境心常定，逢人语自新。可慨年既长，物欲蔽天真。”我当时曾把这首诗用小刀刻在香烟嘴的边上。

这只香烟嘴一直跟随我，直到四五年前，有一天不见了。以后我不再刻这诗在什么地方。四五年来，我的家里同国里一样多难：母亲病了很久，后来死了；自己也病了很久，后来没有死。这四五年间，我心中不觉得有什么东西占据着，在我的精神生活上好比一册书里的几页空白。现在，空白页已经翻厌，似乎想翻出些下文来才好。我仔细向自己的心头探索，觉得只有许多乱杂的东西忽隐忽现，却并没有一物强固地占据着。我想把这几页空白当作被开的几个大“天窗”，使下文仍旧继续前文，然而很难。因为昔日的我家的儿童，已在这数年间不知不觉地变成了少年少女，行将变为大人。他们已不能像昔日占据我的心了。我原非一定要拿自己的子女来作为儿童生活赞美的对象，但是他们由天真烂漫的儿童渐渐变成拘谨驯服的少年少女，在我眼前实证地显示了人生黄金时代的幻灭，我也无心再来赞美那昙花似的儿童世界了。

古人诗云：“去日儿童皆长大，昔年亲友半凋零。”这两句确切地写出了中年人的心境的虚空与寂寥。前天我翻阅自己的画册时，陈宝（就是阿宝，就是做媒人的宝姐姐）、宁馨（就是做新娘子的软软）、华瞻（就是做新官人的瞻瞻）都从学校放寒假回家，站在我身边同看。看到“瞻瞻新官人，软软新娘子，宝姐姐做媒人”的一幅，大家不自然起来。宁馨和华瞻脸上现出忸怩的笑，宝姐姐也表示决不肯再做媒人了。他们好比已经换了另一班人，不复是昔日的阿宝、软软和瞻瞻了。昔日我在上海的小家庭中所观察欣赏而描写的那群天真烂漫的孩子,现在早已不在人间了！他们现在都已疏远家庭，做了学校的学生。他们的生活都受着校规的约束、社会制度的限制和世智的拘束；他们的世界不复像昔日那样广大自由，他们早已不做房子没有屋顶和眠床里种花草的梦了。他们已不复是“快活的劳动者”，正在为分数而劳动，为名誉而劳动，为知识而劳动，为生活而劳动了。

我的心早已失了占据者。我带了这虚空而寂寥的心，彷徨在十字街头，观看他们所转入的社会，我想象这里面的人，个个是从那天真烂漫、广大自由的儿童世界里转出来的。但这里没有“花生米不满足”的人，却有许多面包不满足的人。这里没有“快活的劳动者”，只见锁着眉头的引车者、无食无衣的耕织者、挑着重担的颁白者、挂着白须的行乞者。这里面没有像孩子世界里所闻的号啕的哭声，只有细弱的呻吟、吞声的呜咽、幽默的冷笑和愤慨的沉默。这里面没有像孩子世界中所见的不屈不挠的大丈夫气，却充满了顺从、屈服、消沉、悲哀，和诈伪、险恶、卑怯的状态。我看到这种状态，又同昔日带了一叠书和一包食物回家，而在弄堂门口看见我妻提携了瞻瞻和阿宝等候着那时一样，自己立刻化身为二人。其一人做了这社会里的一分子，体验着现实生活的辛味；另一人远远地站出来，从旁观察这些状态，看到了可惊可喜可悲可哂的种种世间相。然而这情形和昔日不同：昔日的儿童生活相能“占据”我的心，能使我归顺它们，现在的世间相却只是常来“袭击”我这空虚寂寥的心，而不能占据，不能使我归顺。因此我的生活的册子中，至今还是继续着空白的页，不知道下文是什么。也许空白到底，亦未可知啊。

为了代替谈自己的画，我已把自己十年来的生活和心情的一面在这里谈过了。但这文章的题目不妨写作“谈自己的画”。因为：一则我的画与我的生活相关联，要谈画必须谈生活，谈生活就是谈画；二则我的画既不模拟什么八大山人、七大山人的笔法，也不根据什么立体派、平面派的理论，只是像记账般地用写字的笔来记录平日的感兴而已。因此关于画的本身，没有什么话可谈，要谈也只能谈谈作画时的因缘罢了。

廿四年（1935）二月四日

学画回忆

文 / 丰子恺

假如有人探寻我儿时的事，为我作传记或讣启，可以为我说得极漂亮：“七岁入塾即擅长丹青。课余常摹古人笔意，写人物花鸟之图，以为游戏。同塾年长诸生竞欲乞得其作品而珍藏之，甚至争夺殴打。师闻其事，命出画观之，不信，谓之曰：‘汝真能画，立为我作至圣先师孔子像！不成，当受罚。’某从容研墨伸纸，挥毫立就，神颖哗然。师弃戒尺于地，叹曰：‘吾无以教汝矣！’遂装裱其画，悬诸塾中，命诸生朝夕礼拜焉。于是亲友竞乞其画像，所作无不惟妙惟肖。……”百年后的人读了这段记载，便会赞叹道：“七岁就有作品，真是天才，神童！”

朋友来信要我写些关于儿时学画的回忆的话。我就根据上面的一段话写些吧。上面的话都是事实，不过欠详明些，宜解释之如下。

我七八岁时——到底是七岁或八岁，现在记不清楚了。但都可说，说得小了可说是照外国算法的，说得大了可说是照中国算法的——入私塾，先读

《三字经》，后来又读《千家诗》。《千家诗》每页上端有一幅木版画，记得第一幅画的是一只大象和一个人，在那里耕田，后来我知道这是“二十四孝”中的大舜耕田图。但当时并不知道画的是什么意思，只觉得看上端的画，比读下面的“云淡风轻近午天”有趣。我家开着染坊店，我向染匠司务讨些颜料来，溶化在小盅子里，用笔蘸了为书上的单色画着色，涂一只红象、一个蓝人、一片紫地，自以为得意。但那书的纸不是道林纸，而是很薄的中国纸，颜料涂在上面的纸上，会渗透下面好几层。我的颜料笔又吸得饱，透得更深。等得着好色，翻开书来一看，下面七八页上，都有一只红象、一个蓝人和一片紫地，好像用三色版套印的。

第二天上书的时候，父亲——就是我的先生——就骂，几乎要打手心；被母亲不知大姐劝住了，终于没有打。我抽抽咽咽地哭了一顿，把颜料盅子藏在扶梯底下了。晚上，等到先生——就是我的父亲——上鸦片馆去了，我再向扶梯底下取出颜料盅子，叫红英——管我的女仆——到店堂里去偷几张煤头纸来，就在扶梯底下的半桌上的“洋油手照”底下描色彩画。画一个红人、一只蓝狗、一间紫房子……这些画的最初的鉴赏者，便是红英。后来母亲和诸姐也看到了，她们都说“好”；可是我没有给父亲看，防恐吃手心。这就叫作“七岁入塾即擅长丹青”。况且向染坊店里讨来的颜料不止丹和青呢！

后来，我在父亲晒书的时候找到了一部人物画谱，翻一翻，看见里面花样很多，便偷偷地取出了，藏在自己的抽斗里。晚上，又偷偷地拿到扶梯底下的半桌上去给红英看。这回不想再在书上着色，却想照样描几幅看，但是一幅也描不像。亏得红英想工好，教我向习字簿上撕下一张纸来，印着了描。

记得最初印着描的是人物谱上的柳柳州像。当时第一次印描没有经验，笔上墨水吸得太饱，习字簿上的纸又太薄，结果描是描成了，但原本上渗透了墨水，弄得很龌龊，曾经受大姐的责骂。这本书至今还存在，最近我晒旧书时候还翻出这个弄龌龊了的柳柳州像来看：穿了很长的袍子，两臂高高地向左右伸起，仰起头作大笑状。但周身都是斑斓的墨点，便是我当日印上去的。回思我当日最初就印这幅画的原因，大概是为了他高举两臂作大笑状，好像我的父亲打呵欠的模样，所以特别有兴味吧。后来，我的“印画”的技术渐渐进步。大约十二三岁的时候（父亲已经弃世，我在另一私塾读书了），我已把这本人物谱统统印全。所用的纸是雪白的连史纸，而且所印的画都着色。着色所用的颜料仍旧是染坊里的，但不复用原色。我自己会配出各种的间色来，在画上施以复杂华丽的色彩，同塾的学生看了都很欢喜，大家说：“比原本上的好看得多！”而且大家问我讨画，拿去贴在灶间里，当作灶君菩萨，或者贴在床前，当作新年里买的“花纸儿”。所以说我“课余常摹古人笔意，写人物花鸟之图，以为游戏。同塾年长诸生竞欲乞得其作品而珍藏之”，也都有因；不过其事实是如此。

至于学生夺画相殴打，先生请我画至圣先师孔子像，悬诸塾中，命诸生晨夕礼拜，也都是确凿的事实。你听我说吧：那时候我们在私塾中弄画，同在现在社会里抽鸦片一样，是不敢公开的。我好像是一个土贩或私售灯吃的，同学们好像是上了瘾的鸦片鬼，大家在暗头里做勾当。先生坐在案桌上的时候，我们的画具和画都藏好，大家一摇一摆地读“幼学”书。等到下午，照例一个大块头来拖先生出去吃茶了，我们便拿出来弄画。我先一幅幅地印出来，然后一幅幅地涂颜料。同学们便像看病时向医生挂号一样，依次认定自己所欲得的画。得画的人对我有一种报酬，但不是稿费或润笔，而是种种玩意儿：金蛉子一对连纸匣；挖空老菱壳一只，可以加上绳子去当作陀螺抽的；“云”字顺治铜钱一枚（有的顺治铜钱，后面有一个字，字共有二十种。我们儿时听大人说，积得了一套，用绳编成宝剑形状，挂在床上，夜间一切鬼都不敢来。但其中，好像是“云”字，最不易得；往往为缺少此一字而编不成宝剑。故这种铜钱在当时的我们之间是一种贵重的赠品）；或者铜管子（就是当时炮船上新用的后膛枪子弹的壳）一个。有一次，两个同学为交换一张画，意见冲突，相打起来，被先生知道了。先生审问之下，知道相打的原因是为画；追求画的来源，知道是我所作，便厉喊我走过去。我料想是吃戒尺了，低着头不睬，但觉得手心里火热了。终于先生走过来了。我已吓得魂不附体，但他走到我的座位旁边，并不拉我的手，却问我：“这画是不是你画的？”我回答一个“是”，预备吃戒尺了。他把我的身体拉开，抽开我的抽斗，搜查起来。我的画谱、颜料，以及印好而未着色的画，就都被他搜出。我以为这些东西全被没收了，结果不然，他但把画谱拿了去，坐在自己的椅子上一张一张地观赏起来。过了好一会，先生旋转头来叱一声：“读！”大家朗朗地读“混沌初开，乾坤始奠……”这件案子便停顿了。我偷眼看先生，见他把画谱一张一张地翻下去，一直翻到底。放假的时候我夹了书包走到他面前去作一揖，他换了一种与前不同的语气对我说：“这书明天给你。”

明天早上我到塾，先生翻出画谱中的孔子像，对我说：“你能看了样画一个大的吗？”我没有防到先生也会要我画起画来，有些“受宠若惊”的感觉，支吾地回答说“能”。其实我向来只是“印”，不能“放大”。这个“能”字是被先生的威严吓出来的。说出之后心头发一阵闷，好像一块大石头吞在肚里了。先生继续说："我去买张纸来，你给我放大了画一张，也要着色彩的。"我只得说"好"。同学们看见先生要我画画了，大家装出惊奇和羡慕的脸色，对着我看。我却带着一肚皮心事，直到放假。

放假时我夹了书包和先生交给我的一张纸回家，便去向大姐商量。大姐教我，用一张画方格子的纸，套在画谱的书页中间。画谱纸很薄，孔子像就有经纬格子范围着了。大姐又拿缝纫用的尺和粉线袋给我在先生交给我的大纸上弹了大方格子，然后向镜箱中取出她画眉毛用的柳条枝来，烧一烧焦，教我依方格子放大的画法。那时候我们家里还没有铅笔和三角板、米尺，我现在回想大姐所教我的画法，其聪明实在值得佩服。我依照她的指导，竟用柳条枝把一个孔子像的底稿描成了；同画谱上的完全一样，不过大得多，同我自己的身体差不多大。我伴着了热烈的兴味，用毛笔勾出线条；又用大盆子调了多量的颜料，着上色彩，一个鲜明华丽而伟大的孔子像就出现在纸上。店里的伙计、作坊里的司务，看见了这幅孔子像，大家说："出色！"还有几个老妈子，尤加热烈地称赞我的"聪明"和画的"齐整"，并且说："将来哥儿给我画个容像，死了挂在灵前，也沾些风光。"我在许多伙计、司务和老妈子的盛称声中，俨然地成了一个小画家。但听到老妈子要托我画容像，心中却有些儿着慌。我原来只会"依样画葫芦"的！全靠那格子放大的"枪花"，把书上的小画改成我的"大作"；又全靠那颜色的文饰，使书上的线描一变而为我的"丹青"。格子放大是大姐教我的，颜料是染匠司务给我的，归到我自己名下的工作，仍旧只有"依样画葫芦"。如今老妈子要我画容像，说"不会画"有伤体面，说"会画"将来如何兑现？且置之不答，先把画缴给先生去。先生看了点头。次日画就粘贴在堂名匾下的板壁上。学生们每天早上到塾，两手捧着书包向它拜一下；晚上散学，再向它拜一下。我也如此。

自从我的“大作”在塾中的堂前发表以后，同学们就给我一 个绰号“画家”。每天来访先生的那个大块头看了画，点点头对先生说：“可以。”这时候学校初兴，先生忽然要把我们的私塾大加改良了。他买一架风琴来，自己先练习几天，然后教我们唱“男儿第一志气高，年纪不妨小”的歌。又请一个朋友来教我们学体操。我们都很高兴。有一天，先生呼我走过去，拿出一本书和一大块黄布来，和蔼地对我说：“你给我在黄布上画一条龙。”又翻开书来，继续说：“照这条龙一样。”原来这是体操时用的国旗。我接受了这命令，只得又去向大姐商量，再用老法子把龙放大，然后描线，涂色。但这回的颜料不是从染坊店里拿来，是由先生买来的铅粉、牛皮胶和红、黄、蓝各种颜色。我把牛皮胶煮溶了，加入铅粉，调制各种不透明的颜料，涂到黄布上，同西洋中世纪的 fresco（壁画）画法相似。龙旗画成了，就被高高地张在竹竿上，引导学生通过市镇，到野外去体操。我悔不在体操后偷把龙旗藏过了，好让我的传记里添两句：“其画龙点睛后忽不见，盖已乘云上天矣。”我的“画家”绰号自此更盛行，而老妈子的画像也催促得更紧了。

我再向大姐商量。她说二姐丈会画肖像，叫我到他家去“偷关子”。我到二姐丈家，果然看见他们有种种特别的画具：玻璃九宫格、擦笔、conte（木炭铅笔）、米尺、三角板。我向二姐丈请教了些笔法，借了些画具，又借了一包照片来，作为练习的样本。因为那时我们家乡地方没有照相馆，我家里没有可用玻璃格子放大的四寸半身照片。回家以后，我每天一放学就埋头在擦笔照相画中。这原是为了老妈子的要求而“抱佛脚”的；可是她没有照相，只有一个人。我的玻璃格子不能罩到她的脸孔上去，没有办法给她画像。天下事都会巧妙地解决的。大姐在我借来的一包样本中选出某老妇人的一张照片来，说："把这个人的下巴改尖些，就活像我们的老妈子了。"我依计而行，果然画了一幅八九分像的肖像画，外加在擦笔上面涂以漂亮的淡彩：粉红色的肌肉，翠蓝色的上衣，花带镶边；耳朵上外加挂上一双金黄色的珠耳环。老妈子看见珠耳环，心花盛开，即使完全不像，也说"像"了。自此以后，亲戚家死了人我就有差使——画容像。活着的亲戚也拿一张小照来叫我放大，挂在厢房里，预备将来可现成地移挂在灵前。我十七岁出外求学，年假、暑假回家时还常常接受这种义务生意。直到我十九岁时，从先生学了木炭写生画，读了美术的论著，方才把此业抛弃。到现在，在故乡的几位老伯伯和老太太之间，我的"擦笔肖像画家"的名誉依旧健在；不过他们大都以为我近来"不肯"画了，不再来请教我。前年还有一位老太太把她的新死了的丈夫的四寸照片寄到我上海的寓所来，哀求地托我写照。此道我久已生疏，早已没有画具，况且又没有时间和兴味。但无法对她说明，就把照片送到霞飞路[①]的某照相馆里，托他们放大为廿四寸的，寄了去。后遂无问津者。

假如我早得学木炭写生画，早得受美术论著的指导，我的学画不会走这条崎岖的小径。唉，可笑的回忆，可耻的回忆，写在这里，给世间学画的人作借镜吧。

一九三四年二月作

① 霞飞路是当时上海法租界的路名，即今天的淮海中路。

漫画创作二十年

文 / 丰子恺

人都说我是中国漫画的创始者。这话未必尽然。我小时候，《太平洋画报》上发表陈师曾的小幅简笔画《落日放船好》《独树老人家》等，寥寥数笔，余趣无穷，给我很深的印象。我认为这算是中国漫画的始源。不过那时候不用漫画的名称。所以世人不知“师曾漫画”，而只知“子恺漫画”。“漫画”二字，的确是在我的画上开始用起的，但也不是我自称，是别人代定的。约在民国十二年（1923），上海一辈友人办《文学周报》。我正在家里描那种小画。乘兴落笔，俄顷成章，就贴在壁上，自己欣赏。一旦被编者看见，就被拿去制版，逐期刊登在《文学周报》上。编者代为定名曰“子恺漫画”。以后我作品源源而来，结集成册，交开明书店出版，就仿印象派画家的办法（印象派这名称原是他人讥评的称呼，画家就承认了），沿用了别人代用的名称。所以我不能承认自己是中国漫画的创始者，我只承认“漫画”二字是在我的书上开始用起的。

其实，我的画究竟是不是“漫画”，还是一个问题。因为这二字在中国向来没有。日本人始用汉文“漫画”二字。日本人所谓“漫画”，定义为何，也没有确说。但据我知道，日本的“漫画”，乃兼称中国的急就画、即兴画及西洋的 cartoon 和 caricature 的。但中国的急就即兴之作，比西洋的

瓜车翻覆，助我者少，啖瓜者多。

cartoon 和 caricature 趣味大异。前者富有笔情墨趣，后者注重讽刺滑稽。前者只有寥寥数笔，后者常有用钢笔细描的。所以在东洋，“漫画”二字的定义很难下。但这也无用考察。总之，“漫画”二字只能望文生义。漫，随意也。凡随意写出的画，都不仿称为漫画，如果此言行得，我的画自可称为漫画。因为我作漫画，感觉同写随笔一样，不过或用线条，或用文字，表现工具不同而已。

我作漫画，断断续续，至今已有二十多年了。今日回顾这二十年的历史，自己觉得，约略可分为四个时期：第一是描写古诗的时代，第二是描写儿童相的时代，第三是描写社会相的时代，第四是描写自然相的时代。但又交互错综，不能判然划界，只是我的漫画中含有这四种相的表现而已。

我从小喜欢读诗词，只是读而不作。我觉得古人诗词，全篇都可爱的极少。我所爱的，往往只是一篇中的一段，或其一句。这一句我讽咏之不足，往往把它抄写在小纸条上，粘在座右，随时欣赏。有时眼前会现出一个幻象来，若隐若现，如有如无。立刻提起笔来写，只写得一个概略，那幻象已经消失。我看看纸上，只有寥寥数笔的轮廓，眉目都不全，但是颇能代表那个幻象，不要求加详了。有一次我偶然再提起笔加详描写，结果变成和那幻象全异的一种现象，竟糟蹋了那张画。恍悟古人之言：“意到笔不到”，真非欺人之谈。作画意在笔先。只要意到，笔不妨不到，非但笔不妨不到，有时笔到了反而累赘。缺乏艺术趣味的人，看了我的画惊讶地叫道：“咦！这人只有一个嘴巴，没有眼睛！”“咦！这人的四根手指粘成一块的！”甚至有更细心的人说：“眼镜玻璃后面怎么不见眼睛？”对于他们，我实在无法解嘲，只得置之不理，管自读诗读词捕捉幻象，描写我的漫画。《无言独上西楼》《几人相忆在江楼》《人散后，一钩新月天如水》，便是那时的作品。

大鱼啖小鱼，小鱼啖虾蛆，虾蛆啖沮洳，啖多沮洳薄，请君肆中居。

初作《无言独上西楼》，发表在《文学周报》上时，有一人批评道：“这人是李后主，应该穿古装。你怎么画成穿大褂的现代人？”我回答说：“我不是作历史画，也不为李后主词作插图，我是描写读李词后所得体感的。我是现代人，我的体感当然作现代相。这才足证李词是千古不朽之作，而我的欣赏是被动的创作。”

我作漫画由被动的创作而进于自动的创作，最初是描写家里的儿童生活相。我向来憧憬于儿童生活。尤其是那时，我初尝世味，看见了所谓“社会”里的虚伪矜忿之状，觉得成人大都已失本性，只有儿童天真烂漫、人格完整，这才是真正的“人”。于是变成了儿童崇拜者，在随笔中、漫画中，处处赞扬儿童。现在回想当时的意识，这正是从反面诅咒成人社会的恶劣。这些画我今日看了，一腔热血还能沸腾起来，忘记了老之将至，这就是《办公室》《阿宝两只脚，凳子四只脚》《妹妹新娘子，弟弟新官人》《小母亲》《爸爸回来了》等作品。这些画的模特儿——阿宝、瞻瞻、软软——现在都已变成大学生，我也垂垂老矣。然而老的是身体，灵魂永远不老。最近我重描这些画的时候，仿佛觉得年光倒流，返老还童。从前的憧憬，依然活跃在我的心中了。

后来我的画笔又改了方向，从正面描写成人社会的现状了。我住在红尘扑面的上海，看见无数屋脊中浮出一纸鸢来，恍悟春到人间，就作《都会之春》。看见楼窗里挂下一只篮来，就作《买粽子》。看见工厂职员散工回家，就作《星期六之夜》。看见白渡桥边，白相人调笑苏州卖花女，就作《卖花声》。……我住在杭州及故乡石门湾，看见市民的日常生活，就作《市景》《邻人之爱》《挑荠菜》。我客居乡村，就作《话桑麻》《云霓》《柳荫》……这些画中的情景，多少美观！这些人的生活，多少幸福！这几乎同儿童

春在卖花声里

生机

生活一样美丽！我明知道这是成人社会光明的一面，还有残酷悲惨、丑恶黑暗的一面，我的笔不忍描写，一时竟把它们抹杀了。

后来我的笔终于描写了。我想，佛菩萨的说法，有“显正”和“斥妄”两途。美谚曰：“漫画以笑语叱咤世间”，我何为专写光明方面的美景，而不写黑暗方面的丑态呢？西洋文学者巴尔扎克（Barzac）、左拉（Zola）的所谓自然主义，便是这个宗旨吧。于是我就当面细看社会上的残忍相、悲惨相、丑恶相，而为他们写照。《颁白者》《都市奇观》《邻人》《鬻儿》《某父子》，以及写古诗的《瓜车翻覆》《大鱼啖小鱼》等，便是当时的所作。后来的《仓皇》《战后》《警报解除后》《轰炸》等，也是这类的作品。有时我看看这些作品，觉得触目惊心，难道自己已经坠入了“恶魔派”（“devilism”）吗？于是我想艺术毕竟是美的，人生毕竟是崇高的，自然毕竟是伟大的，我这些辛酸凄楚的作品，胡为乎来哉？古人说：“岁恶诗人无好语。”难道我就做了恶岁诗人吗？于是我的眼就从恶岁转向永劫，我的笔也从人生转向自然。我忽然注意到破墙的砖缝里钻出来的一根小草，作了一幅《生机》。真正没有几笔，然而自己觉得比从前所作的数千百幅精工得多，以后就用同样的笔调作出《春草》《战场之春》《抛核处》等画。有一天我在仇北崖家里，看见桌上供着一个炮弹壳，壳内插着红莲花，归来又作了一幅《炮弹作花瓶》。有一天，我在汉口看见截了半段的大树正在抽芽，回来又作了一幅《大树被斩伐》。《护生画集》中所载的《遇赦》《攸然而逝》《蝴蝶来仪》等，都是此类作品。直到现在，此类作品是我自己所最爱的。我自己觉得近来真像诗人了，但不是岁恶诗人，却是沉郁的诗人。诗人作诗喜沉郁。“沉郁者，意在笔先，神余言外，写怨夫思妇之怀，寓孽子孤臣之感。凡交情之冷淡，身世之飘零，皆可对一草一木发之。而发之又必若隐若现，欲露不露，反复缠绵，终不许一语道破。”（陈亦峰语）此言先得我心。

古人说：行年五十，方知四十九年之非。我近来在漫画写作上，也有今是昨非之感。但也不完全如此，在酒后，在病中，在感动之下，在懊丧之余，心情常常变换，笔调也时时反复。所以上述的四个时期的作风，并不判然划界，却参差交互地出现在我的笔下，不过出现的程序大约如上而已。

人散后，一钩新月天如水。

《子恺漫画》序

文 / 夏丏尊

新近因了某种因缘，和方外友弘一和尚（在家时姓李，字叔同）聚居了好几日。和尚未出家时，曾是国内艺术界的先辈，披剃以后，专心念佛，见人也但劝念佛，不消说，艺术上的话是不谈起了的。可是我在这几日的观察中，却深深地受到了艺术的刺激。

他这次从温州来宁波，原预备到了南京再往安徽九华山去的。因为浙江开战，交通有阻，就在宁波暂止，挂搭于七塔寺。我得知就去望他。云水堂中住着四五十个游方僧，铺有两层，是统舱式的。他住在下层，见了我笑容招呼，和我在廊下板凳上坐了，说：

“到宁波三日了。前两日是住在某某旅馆（小旅馆）里的。”

“那家旅馆不十分清爽罢。”我说。

“很好！臭虫也不多，不过两三只。主人待我非常客气呢！”

前江的新娘子[①]

他又和我说了些在轮船统舱中茶房怎样待他和善，在此地挂搭怎样舒服等等的话。

我惘然了。继而邀他明日同往白马湖去小住几日，他初说再看机会，及我坚请，他也就欣然答应。

行李很是简单，铺盖竟是用粉破的席子包的。到了白马湖后，在春社里

---

① 新娘子为丰子恺的老师夏丏尊的长媳金秋云。

眉眼盈盈处

世上如侬有几人

替他打扫了房间，他就自己打开铺盖，先把那粉破的席子丁宁珍重地铺在床上，摊开了被，再把衣服卷了几件作枕。拿出黑而且破得不堪的毛巾走到湖边洗面去。

“这手巾太破了，替你换一条好吗？”我忍不住了。

“哪里！还好用的，和新的也差不多。”他把那破手巾珍重地张开来给我看，表示还不十分破旧。

他是过午不食了的。第二日未到午，我送了饭和两碗素菜去（他坚说只要一碗的，我勉强再加了一碗），在旁边坐了陪他。碗里所有的原只是些莱菔白菜之类，可是在他却几乎是要变色而作的盛馔，丁宁喜悦地把饭划入口里，郑重地用箸夹起一块莱菔来的那种了不得的神情，我见了几乎要下欢喜惭愧之泪了！

第二日，有另一位朋友送了四样菜来斋他，我也同席。其中有一碗咸得非常的，我说：

“这太咸了！”

“好的！咸的也有咸的滋味，也好的！”

我家和他寄寓的春社相隔有一段路。第三日，他说饭不必送去，可以自己来吃，且笑说乞食是出家人的本能的话。

“那么逢天雨仍替你送去罢。”

“不要紧！天雨，我有木屐哩！”他说出“木屐”二字时，神情上竟俨然是一种了不得的法宝。我总还有些不安，他又说：

“每日走些路，也是一种很好的运动。”

我也就无法反对了。

黄蜂频扑秋千索，有当时、纤手香凝。

摘华高处赌身轻

在他，世间竟没有不好的东西，一切都好，小旅馆好，统舱好，挂搭好，粉破的席子好，破旧的手巾好，白菜好，莱菔好，咸苦的蔬菜好，跑路好，甚至什么都有味，什么都了不得。

这是何等的风光啊！宗教上的话且不说，琐屑的日常生活到此境界，不是所谓生活的艺术化了吗？人家说他在受苦，我却说他是享乐。我当见他吃莱菔白菜时那种愉悦丁宁的光景，我想：莱菔白菜的全滋味、真滋味，怕要算他才能如实尝得的了。对于一切事物，不为因袭的成见所缚，都还它一个本来面目，如实观照领略，这才是真解脱，真享乐。

艺术的生活，原是观照享乐的生活。在这一点上，艺术和宗教实有同一的归趋。凡为实利或成见所束缚，不能把日常生活咀嚼玩味的，都是与艺术无缘的人们。真的艺术，不限在诗里，也不限在画里，到处都有，随时可得。能把它捕捉了用文字表现的是诗人，用形及五彩表现的是画家。不会作诗，不会作画，也不要紧，只要对于日常生活有观照玩味的能力，无论谁何，都能有权去享受艺术之神的恩宠。否则虽自号为诗人画家，仍是俗物。

与和尚数日相聚，深深地感到这点。自怜囫囵吞枣地过了大半生，平日吃饭着衣，何曾尝到过真的滋味！乘船坐车，看山行路，何曾领略到真的情景！虽然愿从今留意，但是去日苦多，又因自幼未曾经过好好的艺术教养，即使自己有这个心，何尝有十分把握！言之怃然！

正怃然间，子恺来要我序他的漫画集。记得子恺画这类画，实由于我的怂恿。在这三年中，子恺实画了不少，集中所收的不过数十分之一。其中含有两种性质，一是写古诗词名句的，一是写日常生活的断片的。古诗词名句，原是古人观照的结果，子恺不过再来用画表出一次。至于写日常生活的断片的部分，全是子恺自己观照的表现。前者是翻译，后者是创作了。画的好歹且不谈，子恺年少于我，对于生活有这样的咀嚼玩味的能力，和我相较，不能不羡子恺是幸福者！

子恺为和尚未出家时画弟子，我序子恺画集，恰因当前所感，并述及了和尚的近事，这是什么不可思议的缘啊！南无阿弥陀佛！

一九二五年十月二十八夜

夏丏尊在奉化江畔远寺曙钟声中

《子恺漫画》跋

文 / 俞平伯

子恺先生：

听说您的“漫画”要结集起来和世人相见，这是可欢喜的事。嘱我作序，惭愧我是“画”的门外汉，真是无从说起。现在以这短笺奉复，把想得到的说了，是序是跋谁还理会呢。

我不曾见过您，但是仿佛认识您的，我早已有缘拜识您那微妙的心灵了。子恺君！您的轮廓于我是朦胧的，而您的心影我却是透熟的。从您的画稿中，曾亲切地反映出您自己的影儿，我如何不见呢？以此推之，则《子恺漫画》刊行以后，它会介绍无量数新朋友给您，一面又会把您介绍给普天下的有情眷属。“乐莫乐兮新相知。”我替您乐了。

早已说过，我是门外汉，除掉向您道贺以外，不配说什么别的。但您既在戎马仓皇的时节老远地寄信来，则似乎要牵惹我的闲话来，我又何能坚拒？

马车

买粽子

中国的画与诗通，而在西洋似不尽然。自元以来，贵重士夫之画，其弊不浅，无可讳言。但从另一方面看，元明的画确在宋院画以外别辟蹊径。它们的特长，就是融诗入画。画中有诗是否画的正轨，我不得知；但在我自己，确喜欢诗情的画。它们更能使我邈然意远，悠然神往。

您是学西洋画的，然而画格旁通于诗。所谓“漫画”，在中国实是一创格；既有中国画风的萧疏淡远，又不失西洋画的活泼酣恣。虽是一时兴到之笔，而其妙正在随意挥洒。譬如青天行白云，卷舒自如，不求工巧，而工巧殆无以过之。看它只是疏朗朗的几笔似乎很粗率，然物类的神态悉落彀中。这绝不是我一人的私见，您尽可以相信得过。

惜别

以诗题作画料，自古有之；然而借西洋画的笔调写中国诗境的，以我所知尚未曾有。有之，自足下始。尝试的成功或否，您最好请教您的同行去，别来问我。我只告诉您，我爱这一派画。——是真爱。只看《忆》中，我拖您的妙染下水，为歪诗遮羞，那便是一个老大的证据。

一片片的落英都含蓄着人间的情味，那便是我看了《子恺漫画》所感。——“看”画是煞风景的，当说“读”画才对，况您的画本就是您的诗。

平伯敬上

一九二五年十一月一日　北京

黄昏

晚凉

《子恺漫画》序

文 / 丁衍庸

艺术为什么可以润泽人生？因为有趣味，人们见了感到快，由快感到美，由美得到无量的乐趣。安慰人生的灵魂的，唯一的是艺术。

艺术家的生命是艺术，艺术的生命是趣味，漫画是趣味中趣味的艺术，描写人生的趣味。19 世纪法国的 Honoré Daumier（奥诺雷 · 杜米埃），就是抱这种趣味来描写的画家。

子恺君的漫画，充满了“诗”和“歌”的趣味。“诗歌”是子恺君的生命，就是子恺君漫画的生命。

我是从研究绘画稍得领略了一点趣味的人。见了子恺君的漫画，更给了我许多新趣味。我得到了这种感情的快乐和愉悦，很想介绍给一般人，也得

表决

夜半

到一点趣味，来谋新生活的向上，这就是我介绍子恺君这一部“诗情逸趣”漫画的本意。

一九二五年十一月三日

丁衍庸识于上海立达学园

秋夜

漫话——《子恺漫画》代序

文 / 方光焘

子恺！我们相识算来还不满二年。这二年间，受着更大意志的支配，我们各各似浮萍地东漂西泊着，总没有常聚的机缘。今年立达创办，运命却又把我们拉拢在一起，使我们比邻而居，得享那朝夕过从的欢乐。当我们兴来时，肯冒着蒙蒙微雨，跑到江湾，沽酒回来痛饮；溽暑难受时，即在夜间，也要同步到天狗堂吃一杯刨冰。风雨凄凄的苦夜，清风明月的良宵，也各各随着我们的兴致，对月呀，煮茗呀，喝酒呀，闲谈呀；我们深悟得聚散无常的至理，断不肯让时光轻易地逃过去的。子恺！这些琐琐细事，说来原也没有什么珍奇，更无足贵！但试想几月之后抑或几年之后，我们人居两地、天各一方的日子，那时这一件件些细无聊的常事，怕都要成为我们的可珍可贵的相思资料罢！

这几月来的欢聚，在我们干枯无味的粉笔黑板生涯中，总算得了不少的欢乐和慰安。但是子恺，我每见你的时节，觉得你总有一种“说不出”（Never

浣纱

speak out）的神情。悲哀愤怒时，你不过皱一皱眉头；快乐欢愉时，也不过开一开唇齿。你终于是“说不出”“不说出”的罢！像这样好胡言妄论的我，对你的沉默的印象，自然更深深地刻在我的脑际！就自私一面说，我每感到不能和你畅谈的遗憾；但一反省，却又起了许多无名的不安！

记得去年春上，我忙里偷闲地，到白马湖来过了一夜。子恺！怕这就是我和你最初相见的一日罢。丏尊先生当夜备了酒和菜，邀你我在他那小小院子里小饮。我和丏尊先生滔滔地闲谈着；你却闷闷地喝着酒，默默地听着我们。后来你也问了我一句：“怎样地教授外国语？”那时我刚出校门，懂得什么？但也因你开了我的话匣，便也哓哓不休地，向你说了许多不关痛痒的

指冷玉笙寒

话。回想起来，我那时真不知给你的是慰安，抑或是失望。

记得今年夏天，在黄家阙的时节，我正要和几位友人动身到真茹去访一位相别十年的旧友；恰巧你刚从理发铺回来，我见你那短短的发、光光的脸，便和你打趣了一声："子恺！你今天至少小了五岁。"你对我笑了一笑，抓抓新剪过的头发，终于回答不出什么来。子恺！回想起来，那日真不知给你的是痛苦，还是欢乐！

记得有一天丏尊先生从宁波来，我们沽酒备菜，留他共膳，喝酒闲谈着，不知不觉地已到了十二点半钟！丏尊先生和我，都为着午后有课，不敢尽情痛饮。所有壶中的剩酒，子恺！你便告了个奋勇，默默地一杯一杯喝个干净！一点钟到了！我和丐尊先生都要离开你，到学校去。你抱着华瞻，在室中踱来踱去，把发光的醉眼看着我们走，含笑带怒地一言不发，看着我们！子恺！我不明白你那时所感到的是悲哀，抑或是欢乐，更不明白这悲哀、欢乐是我们给你的呢，抑或是比我们更大的一位给你的呢！

子恺！像这类的事，真是写也写不完的！总之你是“不说出”“说不出”的一个孤独者罢！热情燃烧着，悲哀萦绕着，你是不能说，也不愿说的。你喜欢的是沉浸在那悲哀和热情的里面罢！当我们兴高采烈，喝着老酒，忽然华瞻醒了，要你抱他，你纵然是不愿意，你却“说不出”什么，还得去抱着他，歌唱给他听罢！当你的阿宝，被人家的脚踏车撞得头破血流，你纵然气得筋脉偾张，但你也“说不出”什么，只有抚摸她，慰藉她罢！

子恺！这“不说出”“说不出”的神情，怕是你有生以来具有的罢！我愿它始终伴着你！你别诅咒它，它真是一切艺术渊泉！子恺！你还记得吗？有一天的晚上你的夫人、你的孩子不是都离开你，到上海去了吗？在那月明的半夜，我宿酒初醒地卧在榻上，恋人的明月正照在窗前，我原想到你那里闲谈，消此长夜；但细听一听，你那低低的吟唔声、伸纸声、研墨声，我闲谈的勇气都消失了！我也被你浸在那沉默当中了！子恺！这“说不出”“不说出”的沉默，真是你的艺术（假如你的画，是艺术）的核心罢！子恺！你别厌弃它，去爱它，抚育它，和它相终始罢！

子恺！在这充满了所谓“画家”“艺术家”“艺术的叛徒”的中国，你

第三张笺

何必把那吃饭的钱省节下来，去调丹青，买画布，和他们去争一日之短长呢！你只要在那“说不出”的当儿，展开桌上的废纸，握着手中的秃笔，去画罢！画出那你“说不出”的热情和哀乐，使你朋友见了，可得欢乐，使你夫人见了，可以开怀，使你的阿宝见了，可以临摹，使你的华瞻见了，可以大笑！那就是你的艺术，也就是你的艺术生活！又何须我多说！

一九二五年十一月六日　方光焘

编辑者[1]

① 画中人为刘薰宇。

《子恺漫画》序

文 / 刘薰宇

若干年前曾有这样的一回事。一个深秋的傍晚，独自在原野徘徊，心潮不绝地起伏，感到人生的明暗两面昼夜一般循环转动，情绪纷乱至极。蓦然隐约可辨的步履声从背后传来，停了脚，回头一看，一中年妇人伴一素衣新寡青年美女正缓步走近。无意中四眼对看，心窗顿开，虽旋即闭上，这一刹那间无限的美感竟将所有思虑溶尽了去，只存留着清淡而盲无觉知的状态，原来已被陶醉了！理智的门随了心窗的掩闭而重开以后，仔细地追寻，当时关于人的觉知实浅淡而模糊，深深地渗透人心房的，不过综合而调匀地流露在伊的素衣淡妆的幕前的人间的情趣。——爱的追索、悲的恐怖、运命的柔弱的反抗，都从衬在素妆面上的伊的丰采流露，而将人生美化了浮出。

美的世界，原只可觉受而把捉不住的；所谓觉受也只是生命的共鸣，而非内心的冥索。除了这淡薄粗疏的描绘还有什么能暖化那枯燥已久的心呢！

子恺的这本漫画，特别是蕴蓄着诗意的部分，一张一张地曾和那素妆新寡的青年美女一般给我以美的启示，引导我踏进美的国土，吻那温柔的美神

三十老人

病车

几人相忆在江楼

的项颈。这几十页的小画，都是他兴会浓酣的刹那间的产物，完全是性灵展开的遗痕；虽然性灵的幕后藏着的几许暗示，有时偷偷地流到画面，却无力阻碍它的活跃。人生的觉知随着心潮荡漾，只在这兴会浓酣的刹那间才整个地浮现。这画就是这种浮现的残迹，所以具着将人吞没的魔力。艳服的新嫁娘和粗妆的农家女也具有启示美的能力，但浓腻或质朴不过浮浅地流露人生的一部分，在我感着。至于深长而活跃的兴趣只显露在这类于“那素衣新寡的青年美女的一顾”的漫画中。

一九二五年重阳节　刘薰宇作

红了樱桃，绿了芭蕉。

《子恺漫画》序

文 / 郑振铎

中国现代的画家与他们的作品，能引动我的注意的很少，所以我不常去看什么展览会。在我的好友中，画家也只寥寥的几个。近一年来，子恺和他的漫画，却使我感到深挚的兴趣。我先与子恺的作品认识，以后才认识他自己。第一次的见面是在《我们的七月》上，他的一幅漫画《人散后，一钩新月天如水》立刻引起我的注意。虽然是疏朗的几笔墨痕，画着一道卷上的芦帘，一个放在廊边的小桌，桌上是一把壶、几个杯，天上是一钩新月，我的情思却被他带到一个诗的仙境，我的心上感到一种说不出的美感。这时所得的印象，较之我读那首《千秋岁》（谢无逸作，咏夏景）为尤深。实在地，子恺不唯复写那首古词的情调而已，直已把它化成一幅更足迷人的仙境图了。从那时起，我记下了“子恺”的名字。佩弦到白马湖去，我曾向他问起子恺的消息。后来，子恺到了上海，恰好《文学周报》里要用插图，我便想到子恺的漫画，请愈之去要了几幅来。隔了几时，又去要了几幅来。如此地要了好几次。这些漫画，没有一幅不使我生一种新鲜的趣味。我尝把它们放在一处展阅，竟能暂忘了现实的苦闷生活。有一次，在许多的富于诗意的漫画中，他附了一幅《买粽子》，这幅上海生活的断片的写

今夜故人来不来

秋云

真，又使我惊骇于子恺的写实手段的高超。我既已屡屡与子恺的作品相见，便常与愈之说，想和子恺他自己谈谈。有一天，他果然来了。他的面貌清秀而恳挚，他的态度很谦恭，却不会说什么客套话，常常讷讷的，言若不能出诸口。我问他一句，他才朴质地答一句。这使我想起四年前与圣陶初相见的情景。我自觉为他所征服，正如四年前为圣陶所征服一样。我们虽没谈很多的话，然我相信，我们都已深切地互相认识了。隔了几天，我写信给他道："你的漫画，我们都极欢喜，可以出一个集子吗？"他回信道："我这里还有许多，请你来选择一下。"一个星期日，我便和圣陶、愈之他们同到江湾立达学园去看画。他把他的漫画一幅幅立在玻璃窗格上，窗格上放满了，桌上还有好些。我们看了这一幅又看了那一幅，震骇他的表现的谐美与情调的复难，正如一个贫窭的孩子，进了一家无所不有的玩具

团圆

都会之春

店，只觉得目眩五色，什么都是好的。我道：“子恺，我没有选择的能力，你自己选给我罢。”他道：“可以，有不好的，你再拣出罢。”这时学园里的许多同事与学生都跑进来看。这个小小的展览会里，充满了亲切、喜悦与满足的空气。我不曾见过比这个更有趣的一个展览会。当我坐火车回家时，手里夹着一大捆的子恺的漫画，心里感着一种新鲜的如占领了一块新地般的愉悦。回家后，细细把子恺的画再看几次，又与圣陶、雁冰同看，觉得实在没有什么可弃的东西，结果只除去了我们以为不大好的三幅——其中还有一幅是子恺自己说要不得的——其余的都刊载在这个集子里，排列的次序，也是照子恺自己所定的。

一九二五年十一月九日　郑振铎

曲终人不见，江上数峰青。

《子恺漫画》代序

文 / 朱自清

子恺兄：

知道你的漫画将出版，正中下怀，满心欢喜。

你总该记得，有一个黄昏，白马湖上的黄昏，在你那间天花板要压到头上来的、一颗骰子似的客厅里，你和我读着竹久梦二的漫画集。你告诉我那篇序作得有趣，并将其大意译给我听。我对于画，你最明白，彻头彻尾是一条门外汉。但对于漫画，却常常要像煞有介事地点头或摇头；而点头的时候总比摇头的时候多——虽没有统计，我肚里有数。那一天我自然也乱点了一回头。

点头之余，我想起初看到一本漫画，也是日本人画的。里面有一幅，题目似乎是《□□子爵の泪》（上两字已忘记），画着一个微侧的半身像：他严肃的脸上戴着眼镜，有三五颗双钩的泪珠儿，滴滴答答历历落落地从眼睛里掉下来。我同时感到伟大的压迫和轻松的愉悦，一个奇怪的矛盾！梦二的

野渡无人舟自横

马首山无数

画有一幅——大约就是那画集里的第一幅——也使我有类似的感觉。那幅的题目和内容，我的记性真不争气，已经模糊得很。只记得画幅下方的左角或右角里，并排地画着极粗极肥又极短的一个“！”和一个“？”。可惜我不记得他们哥儿俩谁站在上风，谁站在下风。我明白（自己要脸）他们俩就是整个儿的人生的谜，同时又觉着像是哪儿常常见着的两个胖孩子。我心眼里又是糖浆，又是姜汁，说不上是什么味儿。无论如何，我总得惊异；涂呀抹的几笔，便造起个小世界，使你又要叹气又要笑。叹气虽是轻轻的，笑虽是

蜻蜓飞上玉搔头

微微的，似一把锋利的裁纸刀，戳到喉咙里去，便可要你的命。而且同时要笑又要叹气，真是不当人子，闹着玩儿！

话说远了。现在只问老兄，那一天我和你说什么来着？——你觉得这句话有些来势汹汹、不易招架吗？不要紧，且看下文——我说：“你可和梦二一样，将来也印一本。”你大约不曾说什么。是的，你老是不说什么的。我之说这句话，也并非信口开河，我是真的那么盼望着的。况且那时你的小客厅里，互相垂直的两壁上，早已排满了那小眼睛似的漫画的稿；微风穿过它们间时，几乎可以听出飒飒的声音。我说的话，便更有把握。现在将要出版的《子恺漫画》，它可以证明我不曾说谎话。

你这本集子里的画，我猜想十有八九是我见过的。我在南方和北方与几个朋友空口白嚼的时候，有时也嚼到你的漫画。我们都爱你的漫画有诗意：一幅幅的漫画，就如一首首的小诗——带核儿的小诗。你将诗的世界东一鳞西一爪地揭露出来，我们这就像吃橄榄似的，老觉着那味儿。《花生米不满足》使我们回到惫懒的儿时，《黄昏》使我们沉入悠然的静默。你到上海后的画，却又不同。你那和平愉悦的诗意，不免要掺上了胡椒末；在你的小小的画幅里，便有了人生的鞭痕。我看了《病车》，叹气比笑更多，正和那天看梦二的画时一样。但是，老兄，真有你的，上海到底不曾太委屈你，瞧你那《买粽子》的劲儿！你的画里也有我不爱的，如那幅《楼上黄昏，马上黄昏》，楼上与马上的实在隔得太近了。你画过的《忆》里的小孩子，他也不赞成。

今晚起了大风。北方的风可不比南方的风，使我心里扰乱；我不再写下去了。

一九二六年十一月二日　北平

爸爸还不来

楼上黄昏，马上黄昏。

附：关于《子恺漫画》的几句话[①]

文 / 俞平伯

从《子恺漫画》刊行以来，我老早想说几句话，写下来寄给子恺，作为我的鹅毛似的礼物。——然而终于未曾。何以未曾？说也话长。不如剪断，言归正传。

我的闲话未写，而人家的书已经再版[②]了！承他又送我一本，真真惭愧煞人！所以向佩弦说，星期日相见，必须要以一文为介。今天已星期六了，然则我不得不快快地写。

虽不曾和子恺相见，然而他总该是不喜欢听面谀的罢。他的漫画已有相当之声誉，更不需小区区今日来揄扬。所以下边的话，多半是老鸹嘴式的。子恺生气呢，我倒不怕；若他万一竟因此而肃然起来，我却难为情得很呢。总之，这几句话是冲着作者说的，只因为相距得如此远，于是写了下来送给他。若曰评论，则吾岂敢。

第三七页，"帘卷西风，人比黄花瘦"。此帧于"人比黄花瘦"这一点，

---

① 本文发表于1927年第2卷第1期《一般》杂志。

② 指1926年开明书店版《子恺漫画》，前一版为《文学周报》版《子恺漫画》。

点染得太黏着了。于是帘前美人的脸变成狭狭的一条，与原词的风趣不同。我以为此帧可不画美人，只写疏帘瘦菊足矣。人与黄花同瘦，其伊郁憔悴可想。卷帘望秋，在床榻帷屏间均无不宜，无凭窗之必然。

三八页，"卧看牵牛织女星"。此帧出于杜牧《七夕》诗。观其点染，有烛，有屏风，显系本于"银烛秋光冷画屏"句而来。然不论所本之诗，而但观所作之画，则显然有一大漏洞，即不得于明烛下观星月。且桌上有时钟，窗间有铁格子，尤与古代之银烛、画屏不相调和。故掩题而仅观所绘，实不易把握其情旨之所在。反观杜牧原诗，却迥与画境不同。诗中"银烛秋光冷画屏"是室内景象，"轻罗小扇"以下是写室外。第三句明明说"瑶阶夜色凉如水"，可证"卧看牵牛织女星"是在室外看，不在室内看也。作者未审此意，将原诗一四两句连合写之，遂不能融合。

三九页，"楼上黄昏，马上黄昏"。这是佩弦已说过的，楼上的与马上的实在隔得太近了。果然，就画论画，容易令人有此感觉。但若说要把楼上的与马上的移远一些，确乎也不好办。在画中当如何布置，依我的意思，这并非人物宜远宜近的问题，乃是此种词句可否入画的问题。我觉这两句词本无画法。楼上黄昏，马上黄昏，在暮色笼罩下共此离思，此想当然耳。楼上与马上相去几许道里，词人未知也，未言也；楼上人是否正在凭栏凝眺，马上人是否正在停鞭怅望，词人未知也，未言也。非特词人不知不言，即真的局中人亦未得知，未得言也。诗是虚拟，入画即变为实指矣。更另引一例以明之。欧阳修词有云："平芜尽处是春山，行人更在春山外。"此两句骤观之，似画意颇浓矣，然而不然。我以为正无画法。当时极目天涯者原只见一片平芜，平芜尽处只见远山，远山以外盖别无所见矣。行人想在春山之外罢。若移诗入画，楼前有平野远山，山外再有行人，是把其人其事说得凿凿可据，岂非一黑漆断纹琴[①]耶？故诗固有时可与画通，但有时诗却自有其极空灵之境界，而非绘画所能取而代之者。

此帧更有一小小的毛病，就是不见所谓黄昏。驻马有影，是人在斜阳里，与黄昏不类。玉谿诗："夕阳无限好，只是近黄昏。"黄昏是在夕阳没落以后。

四一页，"翠拂行人首"。"行"字未曾烘染出来，只见翠拂人首耳。此帧有两法改作：一则将画幅放大，画垂柳下，两女郎步行；一则不如改题为"多谢长条似相识，强垂烟态拂人头"。妄说妄说，子恺其勿笑。

四四页，"手弄生绡白纨扇，扇手一时如玉"。此帧意趣颇平常；而又因不着色，致不能将词句之主旨表出。词意重在写出"白"字，而画不能，故未尽佳。

四五页，"宝钗落枕梦魂远"。此句本无画法；仅画睡态无甚深意，若并梦魂而画之，（如此帧）未免失之刻凿。写入梦，以首上作氤氲状，乃老拙之法，窃所不取。忆昔年曾看一种笔记，记宋时考画士，其画题为"蝴蝶梦中家万里"。众工所作悉落第。因写梦本不易，而必须写出"家万里"尤难。其中选之卷，则画苏武倚节入睡状。此正妙在踏实，而诗意自出。因泛论遂涉及之。

四八页，"马首山无数"。此句亦是虚说。所谓马首山无数，只状其云山千叠，前路迢遥，非必谓马首真有无数之山也。画境亦似着实。

---

① 指在出现断纹的琴上刷漆修复，意暴殄天物。

五二页，“摘华高处赌身轻”。此帧无甚不妥。唯画人物姿态未甚优美。或作着华高树，有群姝攀条嬉弄，似略胜。

五三页，“野渡无人舟自横”。关于此类，有一段故事，亦见于前述之笔记中。画此者多画野渡阒无一人，与此幅同。首选者独画一舟子酣卧船艄，其船自横。盖揣诗意，仅言无人觅渡，故舟得容与中流，初未必并舟子亦不见踪影。其说似有见。

五七页，“明月窥人人未寝，欹枕钗横鬓乱”。此帧本于东坡之《洞仙歌》令，描写艳情，极其露骨。昔年曾与友人傅君论及之。傅君言，唯其自然，故虽信笔写之不为病。观原词云：“绣帘开，一点明月窥人，人未寝，欹枕钗横鬓乱。”“绣帘开”，是承上句“水殿风来”而言。风帘开处，只有明月相窥，其无他人在可知。人既未寝，而钗横鬓乱矣，则艳情又自在。故下叠紧接以“起来携素手，庭户无声，时见疏星渡河汉”。可见局中有一双人，幽靓之景，冶丽之态，娓娓言之如可绘。然实无画法。不得已，或画风飐绣帘，微露裸体人物，似较合式。今此帧作洋式枕褥、铁格子窗，一人和衣欹卧，均与原词意隔绝。即不论原词，就画论亦似无甚意味。

八八页，“第三张笺”。此帧姿态甚善，立意亦好。我却又不免有两句凿方眼[①]的外行话。信纸上标明 1、2、3，而在 3 笺上，女正持笔作势，似正挥写状。则此三张笺是正置着。（不知是否？）既正置着，则第一第二笺上应有墨迹。今两笺均露出空白，而第二笺几全部露白，似不合理。若曰是蝇头小楷，画中从略，但何以笺上所标号码，如此之巨而清晰呢？若把

① 凿方眼，意为呆板，不善变通。

明月窥人人未寝，欹枕钗横鬓乱。

这三张笺都解为反置着，而其人正于第三张笺写完后，在其反面作书，则颇有趣。唯未免迂曲了。必不得已而如此改释,则标题如分明些,当改为“第三张笺之背”；如浑融些，当曰“第三张笺完了”。我觉得后者好些。

真不客气，向子恺说了如许不中听的话。但是现在渐渐要中听起来。虽挑剔得如此讨厌，而挑剔便是变相的恭维。因为除掉上述各帧，大都是我所认为满意的作品。虽然还有几张，我说不出其中毛病来，却私心未觉甚佳。不怕得罪人，索性开列如下：

五四页，“蜻蜓飞上玉搔头”。

五六页，“道无书，却有书中意。排几个，人人字”。

六七页，“浣纱”。

七三页，“ㄛㄌㄨㄌㄨ……[1]”。

七六页，“秋云”。

再没有可挑剔的了。转过笔锋，快快颂扬两句。其中我最爱的如下：

封面，“一江春水向东流”。

四〇，“燕归人未归”。

四三，“人散后，一钩新月天如水”。

四六，“月上柳梢头”。

四七，“今夜故人来不来，教人立尽梧桐影”。

五〇，“今宵不忍圆”。

五一，“几人相忆在江楼”。

---

① 呼唤狗的声音。

五五，“栏杆私倚处，遥见月华生”。

五九，“惜别”。

六三，“都会之春”。

六六，“花生米不满足”。

七〇，“买粽子”。

七八，“饭后”。

八〇，“夜半”。

八一，“绞面”。

八四，“编辑者”。

八七，“酒徒”。

九〇，“阿宝赤膊”。

九三，“苏州人”。

九五，“穿了爸爸的衣服”。

这二十帧各有各的好处。坏处好说,好处是不好说的。只有“吾无间然”四个字的批评罢。子恺工于作杨柳、燕子，令人神往。若照古人号“张三影”之例，应当是号“丰柳燕”的罢？——虽这名字似太闺阁气了些。至于描写社会状况这一方面，笔力尤健，成功的更多。如“绞面”与“苏州人”，其人物意态惟妙惟肖。疏朗朗的几笔真能摄物类之神态。若学佩弦的口气，只得也说一声：“老兄，真有你的！”

还有些我喜欢的如下：

三五，“无言独上西楼，月如钩”。

三六，“过尽千帆皆不是，斜晖脉脉水悠悠”。

四二，“指冷玉笙寒”。

四九，“黄蜂频扑秋千索”。

六〇，“留春”。

六四，“晚凉”。

六五，“黄昏”。

六八，“注意力集中”。

六九，“爸爸还不来”。

七一，“表决”。

七二，“灯前”。

八三，“前江的新娘子”。

八九，“第一步”。

九四，“病车”。

全书共六十一帧，而我所喜欢的，已过半数。可见我的跋文的确是本心话。

写完此文之后，偶有一点感想，就是以诗作画是不容易的。作者不但须明画中甘苦，并得兼明诗中甘苦。至于以古诗作画，处处得替他人设想，尤觉束缚。若断章取义，原无不可。然而新造解释总要不比旧的坏，方过得去。若差得太多，无异点金成铁，就没有多大意味了。至于以人间实事为题材，则随吾性之所至，无施而不可，似觉用力少而成功多。我是门外汉，绝不会体验出来，只是乱扯一气，子恺其教正之。

“听说您的第二画集又快出版了，希望杨柳发芽、燕子归巢的时节，得与它相见。谨从穷苦的京都中，迢迢致问讯之意。”

十五年（1926）十月廿五日星期一

于佩弦去清华后草毕

给我的孩子们——《子恺画集》代序

文 / 丰子恺

我的孩子们！我憧憬于你们的生活,每天不止一次！我想委曲地说出来，使你们自己晓得。可惜到你们懂得我的话的意思的时候，你们将不复是可以使我憧憬的人了。这是何等可悲哀的事啊！

瞻瞻！你尤其可佩服。你是身心全部公开的真人。你什么事体都像拼命地用全副精力去对付。小小的失意，像花生米翻落地了，自己嚼了舌头了，小猫不肯吃糕了，你都要哭得嘴唇翻白，昏去一两分钟。外婆普陀去烧香买回来给你的泥人，你何等鞠躬尽瘁地抱他，喂他；有一天你自己失手把他打破了，你的号哭的悲哀，比大人们的破产、失恋、broken heart（心碎）、丧考妣、全军覆没的悲哀都要真切。两把芭蕉扇做的脚踏车，麻雀牌堆成的火车、汽车，你何等认真地看待，挺直了嗓子叫“汪——”“咕咕咕……”，来代替汽笛。宝姐姐讲故事给你听，说到“月亮姐姐挂下一只篮来，宝姐姐坐在篮里吊了上去，瞻瞻在下面看”的时候，你何等激昂地同她争，

阿宝赤膊

穿了爸爸的衣服

花生米不满足

说：“瞻瞻要上去，宝姐姐在下面看！”甚至哭到漫姑[1]面前去求审判。我每次剃了头，你真心地疑我变了和尚，好几时不要我抱。最是今年夏天，你坐在我膝上发现了我腋下的长毛，当作黄鼠狼的时候，你何等伤心。你立刻从我身上爬下去，起初眼瞪瞪地对我端相，继而大失所望地号哭，看看，哭哭，如同对被判定了死罪的亲友一样。你要我抱你到车站里去，多多益善地要买香蕉，满满地擒了两手回来，回到门口时你已经熟睡在我的肩上，手里的香蕉不知落在哪里去了。这是何等可佩服的真率、自然，与热情！大人间的所谓“沉默”“含蓄”“深刻”的美德，比起你来，全是不自然的，病的，伪的！

① 漫姑，即丰子恺的三姐丰满。

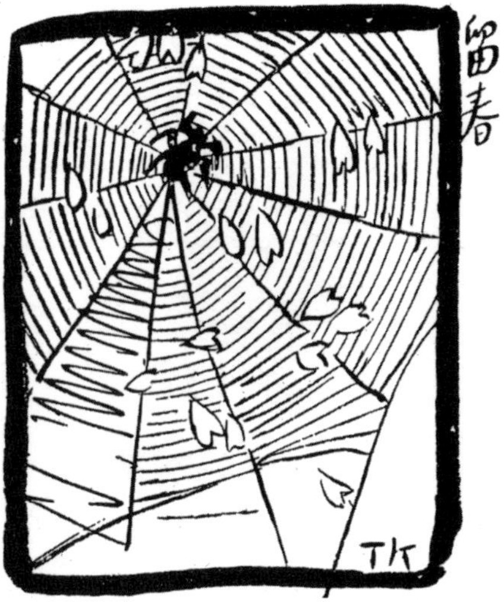

留春

你们每天做火车，做汽车，办酒，请菩萨，堆六面画，唱歌，全是自动的、创造创作的生活。大人们的呼号“归自然！”“生活的艺术化！”“劳动的艺术化！”在你们面前真是出丑得很了！依样画几笔画、写几篇文的人称为艺术家、创作家，对你们更要愧死！

你们的创作力，比大人真是强盛得多哩。瞻瞻！你的身体不及椅子的一半，却常常要搬动它，与它一同翻倒在地上；你又要把一杯茶横转来藏在抽斗里，要皮球停在壁上，要拉住火车的尾巴，要月亮出来，要天停止下雨。在这等小小的事件中，明明表示着你们的小弱的体力与智力不足以应付强盛

今宵不忍圆

的创作欲、表现欲的驱使，因而遭逢失败。然而你们是不受大自然的支配、不受人类社会的束缚的创造者，所以你的遭逢失败，例如火车尾巴拉不住、月亮呼不出来的时候，你们决不承认是事实的不可能，总以为是爹爹妈妈不肯帮你们办到，同不许你们弄自鸣钟同例，所以愤愤地哭了，你们的世界何等广大！

你们一定想：终天无聊地伏在案上弄笔的爸爸，终天闷闷地坐在窗下弄引线的妈妈，是何等无气性的奇怪的动物！你们所视为奇怪动物的我与你们的母亲，有时确实难为了你们，摧残了你们，回想起来，真是不安心得很！

阿宝！有一晚你拿软软的新鞋子，和自己脚上脱下来的鞋子，给凳子的脚穿了，自己穿袜立在地上，得意地叫“阿宝两只脚，凳子四只脚”的时候，你母亲喊着“齷齪了袜子！”，立刻擒你到藤榻上，动手毁坏你的创作。当你蹲在榻上注视你母亲动手毁坏的时候，你的小心里一定感到“母亲这种人，何等杀风景而野蛮”吧！

瞻瞻！有一天开明书店送了几册新出版的毛边的《音乐入门》来。我用小刀把书页一张一张地裁开来，你侧着头，站在桌边默默地看。后来我从学校回来，你已经在我的书架上拿了一本连史纸印的中国装的《楚辞》，把它裁破了十几页，得意地对我说：“爸爸！瞻瞻也会裁了！”瞻瞻！这在你原是何等成功的欢喜，何等得意的作品！却被我一个惊骇的“哼！”字喊得你哭了。那时候你也一定抱怨“爸爸何等不明”吧！

软软！你常常要弄我的长锋羊毫，我看见了总是无情地夺脱你。现在你一定轻视我，想道：“你终于要我画你的画集的封面！”[①]最不安心的，是有时我还要拉一个你们所最怕的陆露沙医生来，教他用他的大手来摸你们的肚子，甚至用刀来在你们臂上割几下，还要教妈妈和漫姑擒住了你们的手脚，捏住了你们的鼻子，把很苦的水灌到你们的嘴里去。这在你们一定认为太无人道的野蛮举动吧！

---

① 《子恺画集》的封面是软软所画。

孩子们！你们真果抱怨我，我倒欢喜；到你们的抱怨变为感谢的时候，我的悲哀来了！

我在世间，永没有逢到像你们样出肺肝相示的人。世间的人群结合，永没有像你们样的彻底的真实而纯洁。最是我到上海去干了无聊的所谓“事”回来，或者去同不相干的人们做了叫作“上课”的一种把戏回来，你们在门口或车站旁等我的时候，我心中何等惭愧又欢喜！惭愧我为什么去做这等无聊的事，欢喜我又得暂时放怀一切地加入你们的真生活的团体。

但是，你们的黄金时代有限，现实终于要暴露的。这是我经验过来的情形，也是大人们谁也经验过的情形。我眼看见儿时的伴侣中的英雄、好汉，一个个退缩、顺从、妥协、屈服起来，到像绵羊的地步。我自己也是如此。“后之视今，亦犹今之视昔”，你们不久也要走这条路呢！

我的孩子们！憧憬于你们的生活的我，痴心要为你们永远挽留这黄金时代在这册子里。然这真不过像“蜘蛛网落花”略微保留一点春的痕迹而已。且到你们懂得我这片心情的时候，你们早已不是这样的人，我的画在世间已无可印证了！这是何等可悲哀的事啊！

一九二六年圣诞节作

瞻瞻底车（二）脚踏车

创作与鉴赏

《子恺画集》跋

文 / 朱自清

子恺将画集的稿本寄给我，让我先睹为快，并让我选择一番。这是很感谢的！

这一集和第一集，显然的不同，便是不见了诗词句图，而只留着生活的速写。诗词句图，子恺所作，尽有好的；但比起他那些生活的速写来，似乎较有逊色。第一集出世后，颇见到听到一些评论，大概都如此说。本集索性专载生活的速写，却觉精彩更多。还有一个重要的不同，便是本集里有了工笔的作品。子恺告我，这是“摹虹儿”的。虹儿是日本的画家，有工笔的漫画集；子恺所摹，只是他的笔法，题材等等还是他自己的。这是一种新鲜的趣味！落落不羁的子恺，也会得如此细腻风流，想起来真怪有意思的！集中几幅工笔画，我说没有一幅不妙。

集中所写，儿童和女子为多。我们知道子恺最善也最爱画杨柳与燕子，朋友平伯君甚至要送他“丰柳燕”的徽号。我猜这是因为他喜欢春天，所以

除夜一

除夜二

紧紧地挽着她；至少不让她从他的笔底溜过去。在春天里，他要开辟他的艺术的国土。最宜于艺术的国土的，物中有杨柳与燕子，人中便有儿童和女子。所以他自然而然地将他们收入笔端了。

第一集里，如《花生米不满足》《阿宝赤膊》《穿了爸爸的衣服》，都是很好的儿童描写。但那些还只是神气好，还只是描写。本集所收，却能为儿童另行创造一个世界。《瞻瞻底车》《阿宝两只脚，凳子四只脚》，才小试其锋而已；至于《瞻瞻底梦》，简直是“再团，再炼，再调和，好依着你我的意思重新造过”了。我为了儿童，也为了自己，张开两臂，欢迎这个新世界！另有《憧憬》一幅，虽是味儿不同，也是象征着新世界的。在那《虹

断线鹞

卖花女

的桥》里，有着无穷无尽的美丽的国，我们是不会知道的！

《三年前的花瓣》《泪的伴侣》，似乎和第一集里《第三张笺》属于一类的，都很好。但《挑荠菜》《春雨》《断线鹞》《卖花女》《春昼》便自不同；这些是莫之为而为、无所为而为的一种静境，诗词中所有的。第一集中，只有《翠拂行人首》一幅，可以相比。我说这些简直是纯粹的诗。其中《断线鹞》一幅里倚楼的那女子，和那《卖花女》，最惹人梦思。我指前者给平伯君说，这是南方的女人。别一个朋友也指着后者告我，北方是看不见这种卖花的女郎的。

深夜的巡游者

大风之夜

《东洋与西洋》便是现在的中国，真宽大的中国！《教育》，教育怎样呢？

方光焘君真像。《明日的讲义》是刘心如君。他老是从从容容的，第一集里的《编辑者》瞧那神儿！但是，《明日的讲义》可就苦了他也！我和他俩又好久不见了，看了画更惦着了。

想起写第一集的《代序》，现在已是一年零九天，真快呀！

一九二六年十一月十日在北京

众生

是亦衆生　與我體同
應起悲心　憐彼昏蒙
普勸世人　放生戒殺
不食其肉　乃謂愛物

日暖春風和　策杖游郊園
雙鴨泛清波　群魚戲碧川
為念世途險　歡樂何足言
明朝落網罟　繫頸陳市廛
思彼刀砧苦　不覺悲淚潸

今日与明朝

《护生画集》序

文 / 马一浮

华严家言："心如工画师，能画诸世间。"此谓心犹画也。古佛偈云："身从无相中受生，犹如幻出诸形相。"此谓生亦画也。是故心生法生，文采彰矣；各正性命，变化见矣。智者观世间，如观画然。心有通蔽，画有胜劣。忧、喜、仁、暴，唯其所取。今天下交言艺术，思进乎美善。而杀机方炽，人怀怨害，何其与美善远也！月臂大师[1]与丰君子恺、李君圆净[2]，并深解艺术，知画是心，因有《护生画集》之制。子恺制画，圆净撰集，而月臂为之书。三人者盖夙同誓愿，假善巧以寄其恻怛，将凭兹慈力，消彼犷心。可谓缘起无碍，以画说法者矣。圣人无己，靡所不己。情与无情，犹共一体，况同类之生乎！夫依正果报，悉由心作。其犹埏埴为器，和采在人。故品物流形，莫非生也；爱恶相攻，莫非惑也；蠕动飞沉，莫非己也；山川草木，莫非身也。以言艺术之原，孰大于此！故知生，则知画矣；知画，则知心矣；

---

① 指弘一大师。

② 李圆净为居士，皈依于印光大师。

生離嘗惻〻
臨行復回首
此去不再還
念兒兒知否

生离欤？死别欤？

知护心，则知护生矣。吾愿读是画者，善护其心。水草之念空，斯人羊之报泯。然后鹊巢可俯而窥，沤鸟可狎而至，兵无所容其刃，兕无所投其角，何复有递相吞啖之患乎！月臂书来，属缀一言。遂不辞葛藤，而为之识。

戊辰秋七月　蠲叟[1]书

---

① 马一浮先生的号为蠲叟。

楊枝淨水
一滴清涼
遠離眾苦
歸命覺王

放生儀軌：若放生時，應以楊枝淨水，為物灌頂，令其消除業障，增長善根。

杨枝净水

《续护生画集》序

文 / 夏丏尊

弘一和尚五十岁时，子恺绘护生画五十幅，和尚亲为题词流通，即所谓《护生画集》者是也。今岁和尚六十之年，斯世正杀机炽盛，弱肉强食，阎浮提大半沦入劫火。子恺于颠沛流离之中，依前例续绘护生画六十幅为寿，和尚仍为书写题词，使流通人间，名曰《续护生画集》。二集相距十年，子恺作风，渐近自然，和尚亦人书俱老。至其内容旨趣，前后更大有不同。初集取境，多有令人触目惊心不忍卒睹者。续集则一扫凄惨罪过之场面，所表现者，皆万物自得之趣与彼我之感应同情，开卷诗趣盎然，几使阅者不信此乃劝善之书。盖初集多着眼于斥妄即戒杀，续集多着眼于显正即护生。戒杀与护生，乃一善行之两面。戒杀是方便，护生始为究竟也。

犹忆十年前和尚偶过上海，向坊间购请仿宋活字印经典。病其字体参差、行列不匀，因发愿特写字模一通，制成大小活字，以印佛籍。还山依字典部首逐一书写，聚精会神，日作数十字，偏正肥瘦大小稍不当意，即易之。期月后书至“刀”部，忽中止。问其故，则曰：“刀部之字，多有杀伤意，不忍下笔耳。”其悲悯恻隐，有如此者。今续集选材，纯取慈祥境界，正合此意。题词或取前人成语，或为画者及其友朋所作。间有“杀”字，和尚书写至此，蹙额不忍之态，可以想象得之。

和尚在俗时，体素弱，自信无寿征。日者谓丙辰有大厄，因刻一印章，曰“丙辰息翁归寂之年”。是岁为人作书常用之。余所藏有一纸，即盖此印章者。戊午出家以后，行弥苦而体愈健，自言蒙佛加被。今已花甲一周，曰仁者寿，此其验欤！和尚近与子恺约，护生画当续绘。七十岁绘七十幅，刊第三集。八十岁绘八十幅，刊第四集。乃至百岁绘百幅，刊第六集。护生之愿，宏远如斯。

斯世众生，正在枪林弹雨之中，备受苦厄。《续护生画集》之出现，可谓契理契机，因缘殊胜。封面作莲池沸腾状，扉画于莲华间画兵仗，沸汤长莲华，兵仗化红莲。呜呼！此足以象征和尚之悲愿矣。

夏丏尊谨序

一九四〇年十月

附：丰子恺致弘一法师

文 / 丰子恺

弘一法师座下：

今日为法师六十寿辰。弟子敬绘《续护生画集》一册，计六十幅，于今日起草完竣。正在请师友批评删改，明日起用宣纸正式描绘，预计九月

中秋同乐会

廿六日（即弟子生日）可以付邮寄奉，敬乞指教，并加题词，交李居士[①]付印。先此奉禀。忆十余年前在江湾寓楼得侍左右，欣逢法师寿辰，越六日为弟子生日。于楼下披霞娜[②]旁皈依佛法，多蒙开示。情景憬然在目。十余年来，奔走衣食，德业无成。思之不胜惶悚。所幸法体康健，慈光远被，使弟子在颠沛流离之中，不失其所仿仰也。敬祝

无量寿

弟子丰婴行[③]

顶礼

民国廿八年（1939）古历九月二十日　广西官山

---

① 李居士，指佛教徒李圆净（圆晋）。

② 即钢琴（piano）。

③ 婴行是弘一法师为丰子恺取的法名。

雎鳩在河洲
雙雙不越軌
美哉造化工
禽心亦知礼
學童補題

关关雎鸠，男女有别。

家有乳狗出求食
鷄來哺其兒
啄啄庭中覓艸子
哺之不食聲鳴悲
彷徨彳亍久不去
以翼來覆待狗歸

唐韓愈詩

鸡护狗子

劉子輿竭塘取魚。放水將半。有二大鯉躍出堰外。復躍入。如是再三。子輿異之。因觀堰內有小鯉數百。不得出。故二鯉往救。寧身留死地不顧也。子輿嘆息。悉出堰放魚。

人譜

鲤鱼救子

《护生画三集》自序

文 / 丰子恺

弘一法师五十岁时（一九二九年）与我同住上海居士林，合作护生画初集，共五十幅。我作画，法师写诗。法师六十岁时（一九三九年）住福建泉州，我避寇居广西宜山。我作护生画续集，共六十幅，由宜山寄到泉州去请法师书写。法师从泉州来信云："朽人七十岁时，请仁者作护生画第三集，共七十幅；八十岁时，作第四集，共八十幅；九十岁时，作第五集，共九十幅；百岁时，作第六集，共百幅。护生画功德于此圆满。"那时寇势凶恶，我流亡逃命，生死难卜，受法师这伟大的嘱咐，惶恐异常。心念即在承平之世，而法师住世百年，画第六集时我应当是八十二岁。我岂敢希望这样的长寿呢？我复信说："世寿所许，定当遵嘱。"

后来我又从宜山逃到贵州遵义，再逃到四川重庆。而法师于六十四岁在泉州示寂。后三年，日寇投降，我回杭州。又后三年，即今年春，我游闽南，赴泉州谒弘一法师示寂处，泉州诸大德热烈欢迎，要我坐在他生西的床上拍一张照相。有一位居士拿出一封信来给我看，是当年我寄弘一法师，而法师送给这位居士的。"世寿所许，定当遵嘱。"赫然我亲笔也。今年正是法师七十岁之年。我离泉州到厦门，就在当地借一间屋，闭门三个月，画成护生画第三集共七十幅。四月初，亲持画稿，到香港去请叶恭绰先生写诗。这是开明书店章锡琛先生的提议。他说弘一法师逝世后，写护生诗的唯叶老先生为最适宜。我去信请求，叶老先生复我一个快诺。我到香港住两星期，他已把七十页护生诗文完全写好。我挟了原稿飞回上海，正值上海解放之际。我就把这书画原稿交与大法轮书局苏慧纯居士去付印。——以上是护生画三集制成的因缘与经过。

以下，关于这集中的诗，我要说几句话：

这里的诗文，一部分选自古人作品，一部分是我作的。第一第二两集，诗文的作与写都由弘一法师负责，我只画图（第二集中虽有许多是我作的，但都经法师修改过）。这第三集的诗文，我本欲请叶恭绰先生作且写。但叶老先生回我信说，年迈体弱（他今年六十九岁），用不得脑，但愿抄写，不能作诗。未便强请，只得由我来作。我不善作诗，又无人修改，定有许多不合之处。这点愚诚，要请读者原谅。

复次，这集子里的画，有人说是“自相矛盾”的。劝人勿杀食动物，劝人吃素菜。同时又劝人勿压死青草，勿剪冬青，勿折花枝，勿弯曲小松。这岂非“自相矛盾”？对植物也要护生，那么，菜也不可割，豆也不可采，米麦都不可吃，人只得吃泥土沙石了！泥土沙石中也许有小动植物，人只得饿死了！——曾经有人这样质问我。我的解答如下：

护生者，护心也。去除残忍心，长养慈悲心，然后拿此心来待人处世。——这是护生的主要目的。故曰："护生者，护心也。"详言之：护生是护自己的心，并不是护动植物。再详言之，残杀动植物这种举动，足以养成人的残忍心，而把这残忍心移用于同类的人。故护生实在是为人生，不是为动植物。普劝世间读此书者，切勿拘泥字面。倘拘泥字面，而欲保护一切动植物，那么，你开水不得喝，饭也不得吃。因为用放大镜看，一滴水中有无数微生虫和细菌。你烧开水烧饭时都把它们煮杀了！开水和饭都是荤的！故我们对于动物的护生，即使吃长斋，也是不彻底，也只是"眼勿见为净"，或者"掩耳盗铃"而已。然而这种"掩耳盗铃"，并不伤害我们的慈悲心，即并不违背"护生"的主要目的，故正是正当的"护生"。至于对植物呢，非不得已，非必要，亦不可伤害。因为非不得已非必要而无端伤害植物（例如散步园中，看见花草随手摘取以为好玩之类），亦足以养成人的残忍心。此心扩充起来，亦可以移用于动物，乃至同类的人。割稻、采豆、拔萝卜、掘菜，原来也是残忍的行为。天地创造这些生物的本意，绝不是为了给人割食。人为了要生活而割食它们，是不得已的，是必要的，不是无端的。这就似乎不觉得残忍。只要不觉得残忍，不伤慈悲，我们护生的主要目的便已达到了，故我在这画集中劝人素食，同时又劝人勿伤害植物，并不冲突，并不矛盾。

英国文学家萧伯纳是提倡素食的。有一位朋友质问他："假如我不得已而必须吃动物，怎么办呢？"萧翁回答他说："那么，你杀得快，不要使动物多受苦痛。"这话引起了英国素食主义者们的不满，大家攻击萧伯纳的失言。我倒觉得很可原谅。因为我看重人。我的提倡护生，不是为了看重动物的性命，而是为了看重人的性命。假如动物毫无苦痛而死，人吃它的三净肉，其实并不残忍，并不妨害慈悲。不过“杀得快”三字，教人难于信受奉行耳。由此看来，萧伯纳的护生思想，比我的护生思想更不拘泥，更为广泛。萧伯纳对于人，比我更加看重。“众生平等，皆具佛性”，在严肃的佛法理论说来，我们这种偏重人的思想，是不精深的，是浅薄的，这点我明白知道。但我认为佛教的不发达、不振作，是教义太严肃、太精深，使末劫众生难于接受之故。应该多开方便之门，多多通融，由浅入深，则弘法的效果一定可以广大起来。

由我的护生观，讲到我的佛教观。是否正确，不敢自信。尚望海内外大德有以见教。

民国三十八年（1949）六月于上海

小猫亲人

人言家畜中　惟猫最可親　晝偎人懷內　夜夜人同衾
索食嬌聲啼　柔媚可動人　應是仁慈種　決非强暴倫
豈知見老鼠　面目忽猙獰　張牙且舞爪　殘殺又噬吞
嗟哉此惡習　恐非猫本性　老僧有小猫　自幼不茹葷
日食青蔬飯　有时啖大餅　見魚却步走　見鼠咩一聲
老鼠聞猫咩　相率遠處遁　人欲避鼠患　豈必殺鼠命

緣緣堂主詩

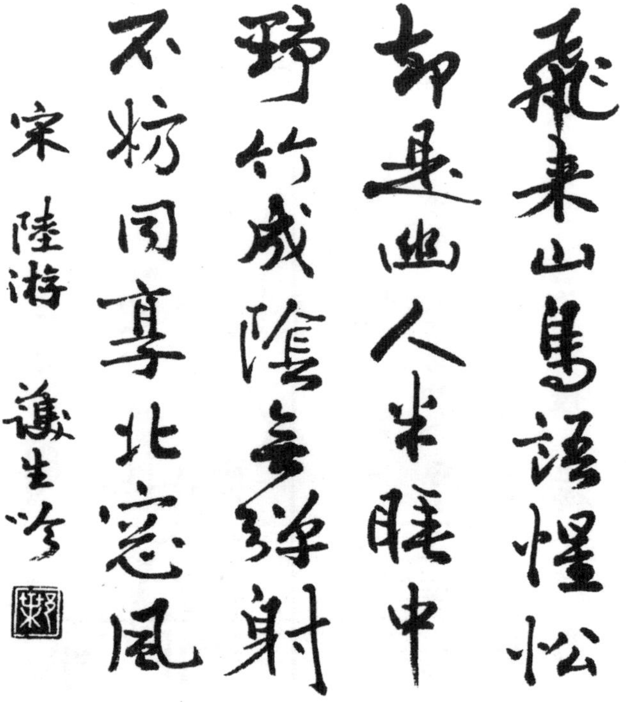
飛來山鳥語惺忪
卻是幽人半睡中
野竹成陰無彈射
不妨同享北窗風
宋 陸游

新竹成阴无弹射，不妨同享北窗风。

《护生画三集》序

文 / 章锡琛

护生画第三集付印，子恺先生因为这次请叶老居士书写，是经我推荐，所以一定要我写一篇序言。原来在护生画初集出版时，早已和我发生了因缘。那时我正创设美成印刷所，李圆净居士担任付印的事务，由老友夏丏尊先生介绍，交美成制版印刷。在排版制帧上，我曾效过一点微劳。到第二集出版，仍然委托美成印制。一转眼间，距离初集的出版，不觉整整的二十年了！弘一法师已经圆寂，丏尊先生也归道山，而我手创的美成印刷所，却在八一三日寇侵沪时被毁，粒字无存，真不胜“成住坏空”之感！

可是，弘一法师虽然圆寂，子恺先生仍然遵着法师的遗嘱，决定要画到第六集为止。这种坚忍不拔的精神，不由使人敬佩！

二十年前，弘一法师发悲天悯人的宏愿，刊行《护生画集》；那时正当第一次世界大战终了之后，原是希望借此感召和平，挽回劫运。却不料第二集刊行之后，又发生了第二次的世界大战；那样积尸成山、流血成河的惨象，比上次更其可怕。尤其悲惨的是，这次大战，由日本帝国主义者先为戎首，向我们素来爱好和平的中华民族侵略，使整个中国都受着炮火的洗礼。这护生画的作者子恺先生，也为了逃避战祸，带着一家老小，奔走转徙到几万里之远，他的故居缘缘堂竟毁于兵燹。现在疮痍未复，那些好乱成性的帝国主义者，却又在酝酿第三次大战，真使人不胜寒心！而子恺先生却秉承法师的遗志，在这时刊印护生画第三集。

当然，护生画绝不是一道灵符，可永保世界和平。用了“不除窗草”“不践虫蚁”等等的说教态度，决不足以打动好战分子的恻隐之心，并且就事实来看，从前见了“将以衅钟”的牛会“不忍其觳觫”的齐宣王，仍在“兴甲兵，危士臣，构怨于诸侯”；现代法西斯魔王希特勒，据说还是一个素食者。所以我们要企图消弭战祸，拥护世界和平，不能不从实际方面来努力。可是，从另一方面看，护生的意义，还是十分重要的。我们要知道世界的所以不能和平，完全为了人类的自私自利，不惜用残酷屠杀的手段，来满足自己的占有欲。这是人类兽性的遗留，野蛮的表现。护生的意义，就在培养个人的同情心，要他们脱离野蛮的兽性，成为仁慈的文明人。倘使大家对于“众生平等”的一点都有真切的认识，并且能够抱着我佛“我不入地狱谁入地狱”的牺牲博爱精神，为拥护和平做艰苦的奋斗，那么，胜残去杀的果实，一定可以收获的。弘一法师的伟大所以值得我们敬仰，《护生画集》的继续刊行，所以值得我们欢喜赞叹，其理由就在于此。而我竟能和《护生画集》始终结不解的因缘，更不能不感觉到万分的荣幸了！

一九四九年七月　章锡琛

郁七家有燕将雛，巢久忽毀。鄰燕成群，銜泥去来如織。頃刻巢復成。明日，遂育数雛巢中。乃知事急，燕来助力者。

虞初新志

协助筑巢

《护生画四集》序

文 / 广洽法师[1]

一九四八年秋余返厦门，适值子恺居士客居古城西路一高楼上，为弘一大师七十冥寿作护生画第三集。其间时相过从。不久画成，子恺居士携稿返上海付印，临别告余曰：十年后当再作第四集八十幅，深恐人生无常，世事多磨，今后当随时选材，预先作画，络续寄奉，乞代保存，并加督促。余应其请。岁月如流，匆匆已历十年，且喜彼此无恙，而检点画幅，恰满八十。此真所谓胜愿必遂，有志竟成也。亟请朱幼兰居士[2]书写诗文，以十方信善喜舍净财，刊印此护生画第四集，敬祝弘一大师八十冥寿。时一九六〇年农历九月二十日，即弘一大师实龄八十诞辰。

释广洽识于星洲薝蔔院

---

① 广洽法师是弘一大师弟子，后任新加坡佛教总会主席，为丰子恺方外好友。

② 朱幼兰居士为丰子恺佛友，书法家。

吾昔少時所居書室，前有竹柏，雜花叢生，滿庭，衆鳥巢其上。武陽君惡殺生，兒童婢僕皆不得捕取鳥鵲，數年間皆集巢于低枝，其鷇可俯而窺也。又有桐花鳳四五，日翔集其間。此鳥難見，而能馴擾，殊不畏人。閭里聞之，以為異事。此無他，不忮之誠，信于異類也。

呂祖謙卧游録

不忮之诚，信于异类。

鷇弱故反之

景公探雀鷇，鷇弱故反之。晏子聞之，不待請而入見。景公汗出惕然。晏子曰：「君胡為者也？」景公曰：「我探雀鷇，鷇弱故反之。」晏子逡巡北面再拜而賀之：「吾君有聖王之道矣。」景公曰：「寡人入探雀鷇，鷇弱故反之，其當聖王之道者何也？」晏子對曰：「君探雀鷇，鷇弱故反之，是長幼也。吾君仁愛禽獸之加焉，而況于人乎！此聖王之道也。」

說苑

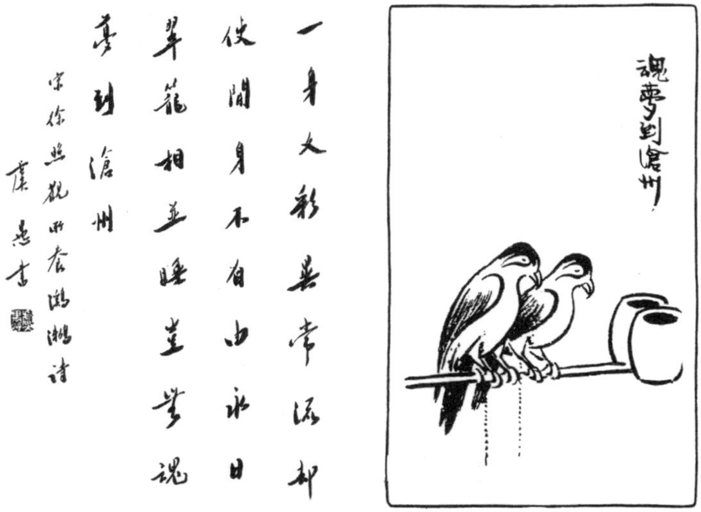
魂夢到滄州
一身文彩異常流
都使閒身不自由
永日翠籠相並睡
豈無魂夢到滄州

魂梦到沧州

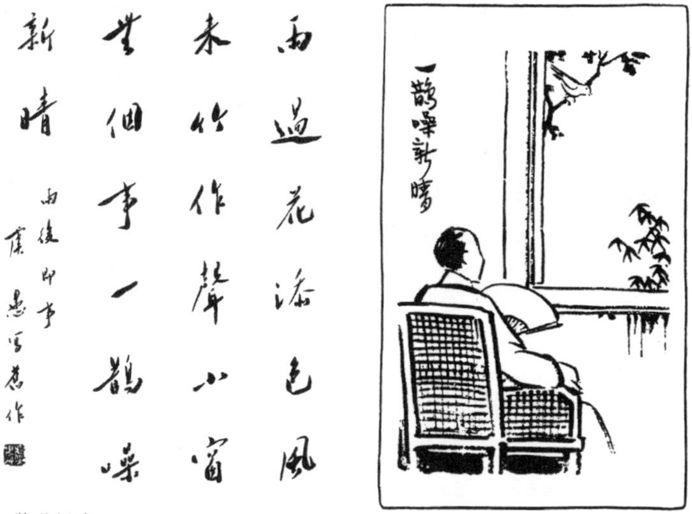
一鵲噪新晴
雨過花添色
風來竹作聲
小窗無個事
一鵲噪新晴
雨後即事

一鹊噪新晴

《护生画集（第五集）》序言[①]

文 / 丰子恺

广洽法师刊行《护生画集》第四集，至今已阅六年。其间各方读者寄来诗文题材甚多，且有盼望第五集提早出版者。据余三十余年前夙愿，自弘一大师五十岁时开始，每十年出一册，幅数依照岁数，直至大师百龄时出第六集百幅为止。照此计划，第五集当在大师九十岁时即一九六九年出版，文画各九十幅。去岁检阅题材，去九十已不远。而广洽法师亦来信劝余提早编绘。因即将来稿加以润饰，并以自作补充，今已凑足九十之数。乃请虞愚居士书写，仍交广洽法师集资刊印。盖系提早四年出版也。但望今后各方读者继续踊跃提供题材，俾第六集百幅亦能提早出版，则夙愿成遂，功德圆满矣。当与广大读者及广洽法师共勉之。

乙巳年（1965）仲夏缘缘堂主人记于上海日月楼

① 此序言系手书，原题仅“序言”二字。——编者注。

滁州一山僧，被盜殺死。徒往報官，畜犬尾其後。至一酒肆中，盜方群聚縱飲。犬忽奔噬盜足。衆以爲異，執之至官，立訊伏法。

聖師錄

犬能捕盗

《护生画集（第六集）》序

文 / 广洽法师

今年为弘一大师示寂后已满冥寿百岁之期，亦作者丰子恺居士生平耿耿于怀欲完成此护生画第六集以纪念其先师百龄之夙愿也。慨乎子恺居士迁化以来，忽阅四载。去年冬，衲再度返乡赴沪为子恺居士致三年祭；因感江山依旧、知音寥落，而一代华夏之文星，竟被阴霾之掩没，几至颠沛沟壑，不禁悲从中来，潸然泪下！盖居士处此逆境突袭之期间，仍秉其刚毅之意志、真挚之感情，为报师恩、为践宿约，默默地篝火中宵、鸡鸣早起，孜孜不息选择题材，悄悄绘就此百幅护生遗作的精品，以待机缘；不幸于一九七五年九月十五日赍志以终，享寿七十有八。余展阅遗稿，百感交集，什袭珍藏，亲携飞返来星，以筹出版也。

唯念是集之刊行，于护生戒杀善行之外，尤具有更为深远崇高之意义。衲不敏，乘兹最后一集出版之际，仅扼要纪述如次。

考《护生画集》之流布，早于五十年前（一九二八年）丰子恺居士为祝

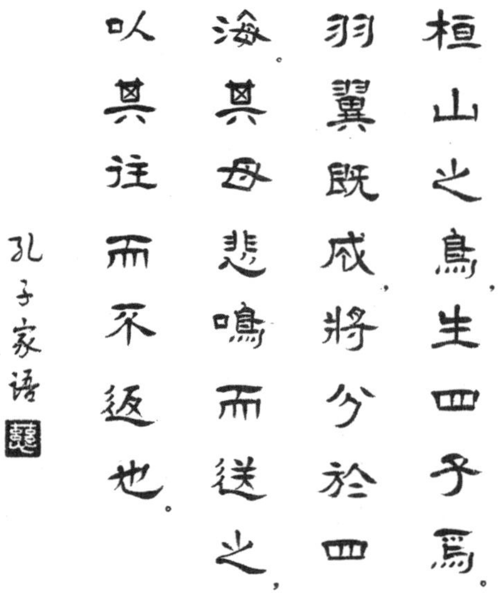

悲鸣送子

弘一大师五十嵩寿，绘成护生画页五十幅，请弘一大师题字五十页，是为第一集之开始。时丰居士正在英年，深受弘一大师才艺德学高明博厚之影响，且在中学时代大师（即李叔同先生）未出家以前于杭州浙江省立第一师范学校即从其学习图画音乐；复于大师出家而后，又从大师正式皈依佛门，时在一九二七年九月廿六日，法名曰：婴行。是其率真之天性、高洁之怀抱、仁爱之作风、超逸之思想，早已夙植德本，源远而流长久矣。宜乎其作品、漫画、音乐之取材，多以儿童为对象，而以爱物护生引为己任也。

况当护生画第一集编选之时，大师身在温州，而精神则贯注于此集之内容与形式。经年揣摩，鱼书往返，对丰居士每页之画稿，必视察其构图之内涵及形状，然后思维恰切之题句。字之大小及所占地位，必求其与画幅相称、互相调和，甚至装订表纸，亦如详酌，毫不苟简。谓如此始可引起阅读者之美感，而获效果。此大师亲笔致与丰子恺、李圆净二居士之遗书所条陈而缕析者也。

又曰："此画集为通俗之艺术品，应以优美柔和之情调，令阅者生起凄凉悲悯之感想，乃可不失艺术之价值。"对画题文字之用心，举第一集《母之羽》一图为范例。文云："雏儿依残羽，殷殷恋慈母。母亡儿不知，犹复相环守！念此亲爱情，能勿凄心否？"

又曰："发愿流布《护生画集》，盖以艺术作方便，人道主义为宗趣。须多注重于未信佛之新学家一方面，推广赠送。故表纸与装订，应注意新颖醒目，俾阅者一见表纸，即知其为新式之艺术品，非是旧式的劝善书。"

由此可见，《护生画集》自发端即为大师悉力以赴之文字般若。亦自谓系其书写最后之纪念。其悲心无量、德泽无边之期望，若能为之续印流传，是则纪念大师之一最上供养也。

其次，丰居士一生得力于良师之指导，而众生服膺，临难不渝，为常人所莫及。而其尊师重道之精诚，更为近世罕觏。因其肝胆相照、友生敬爱，是故《护生画集》之得能继续出版，每次皆获良师益友异苔同岑之协助，且

學士周豫家嘗烹鱔。見有
鞠身向上，以首尾就烹者。
訝而剖之，腹中纍纍有子。
物類之甘心忍痛，而護惜
其子如此。

傷心錄

首尾就烹

多为当代中国文学艺术界知名之士，就余所知者如马一浮、叶恭绰、夏丏尊、李圆净诸先生及朱幼兰居士等，皆乐为之分劳奔走，以竟其成。一九三一年冬，大师尚住世，子恺居士以护生画第二集六十幅为祝大师六秩寿庆，亦由大师题字六十幅，出版流布。于是又复相约以后每隔十年续绘一集，亦递增画材十幅，以祝大师之高寿。即七十岁绘七十幅，刊第三集；八十岁绘八十幅，刊第四集；乃至百岁绘百幅，刊第六集，以满斯愿。不意越两年，大师乃示寂于泉州之不二祠。子恺居士黯然神伤之中，复发愿为大师造像百尊，以志追念之深也。时值国难方殷，烽烟处处，居士迁家避难，笔与神合，不觉其苦。

逮胜利后，衲于一九四八年冬，由星返厦，与丰居士邂逅于南普陀寺凭吊弘一大师讲律遗址，居士乃有所感而绘《今日我来师已去，摩挲杨柳立多时》之画一幅赠予。其后两年，护生画第三集蒙叶恭绰居士题字，又告出版。以后数年，衲以所积钵资，与子恺居士商酌拟为筹建弘一大师纪念馆之倡，但结果未成，乃移作出版弘一大师墨宝及助建塔之用。其后又陆续出版护生画第四集与第五集，此一九六〇至六五年之事也。是年冬，余再度北返。偕丰居士及诸同道同往杭州虎跑寺祭扫弘一大师塔墓，然后偕游名山胜水、古刹精蓝，回首前尘，依稀如昨。翌年，居士绘《苏台怀古图》远寄星洲相赠；神采幽思，跃然纸上。从此数年之后，往来音问，若断若续，似有不能言之隐衷，而常以深居简出养疴为词，庸讵知此乃故友受无妄之灾之日也！回忆及此，故衲所以于去年秋前往追思致祭其逝世三周年之忌辰，不禁簌簌堕泪，不能自已。

余更慨夫今日世界物质文明极度发达，而人心陷溺，道德凄沉，国际形势波谲云诡，杀机四伏，较之五十年前护生画最初发轫之时，其险恶何止倍蓰？！而尊师重道之观念，欲求如丰居士之对弘一大师之尽心竭虑、身体力行者，恐亦如凤毛麟角。瞻望来日，惴惴不安！欲望挽狂澜于既倒、济苍生于衽席，则见微知著，必须从重振师道，身教与言教并重，恢复道德教育之普遍推行，借以转残暴之人心为慈爱之观念入手。盖所谓护生者，即护心也；亦即维护人生之趋向于和平安宁之大道，纠正其偏向于恶性之发展及暴力恣意之纵横也。是故《护生画集》以艺术而作提倡人道之方便，在今日时代，益觉其需要与迫切。虽曰爝火微光，然亦足以照千年之暗室，呼声绵邈，冀可唤回人类苏醒之觉性。

衲乃不揣绵薄，向诸善信募集净资，决心由第一集至第五集托香港时代图书有限公司陈国华先生代为再版，每集各印一千册；而第六集之出版，则多印两千册，俾全部同时流布，借以完成子恺居士纪念弘一大师未了之夙愿。同时亦衲所以纪念大师及为子恺居士已幸恢复其固有之令名与崇高地位，并诸襄助斯集之先贤及同志亦为其回向功德，永垂不朽焉。是为序。

星洲薝蔔院广洽（时年八十岁）敬识

一九七九年岁次己未八月中秋

附：《护生画集》出版前言（节选）

文 / 陈星

丰子恺先生一生笔耕六十余年。在这六十多年内，有一部作品前后相继创作的过程长达四十六年（1927—1973），这就是《护生画集》。自《护生画集》第一册于 1929 年 2 月问世以来，该画集（全套六册）在佛教界、文艺界和广大普通读者中广泛流传，影响深远。它是佛教界、文艺界诸位先贤、大师们绝世合作的结晶，是一部不可多得的文化精品。

一

丰子恺与弘一大师合作护生画的编绘从 1927 年就开始了。也就是在这一年的 10 月 21 日，即农历九月廿六，丰子恺在上海的家中举行仪式，拜弘一大师为师皈依佛门。

现在一般认为《护生画集》第一册五十幅护生画是为纪念弘一大师五十岁生日而作。此说虽无错，却稍欠准确。事实上，按照弘一大师与丰子恺的初拟计划，《护生画集》第一册只编绘二十四幅画就准备出版的。后李圆净居士提议将画集赠送日本有关各界，弘一大师觉得，“若欲赠送日本各处，非再画十数页，重新编辑不可”。或许正因为此，又逢 1929 年是弘一大师五十岁寿辰，所以丰子恺最后共绘护生画五十幅。弘一大师为每幅画逐一配诗并书写。《护生画集》第一册于 1929 年 2 月由开明书店出版。画集编辑者为李圆净，序作者为马一浮先生。马一浮在序中曰：“故知生，则知画矣；知画，则知心矣；知护心，则知护生矣。吾愿读是画者，善护其心。……”

二

抗战爆发后，弘一大师居闽南，丰子恺则避寇内地。1939 年，丰子恺为纪念弘一大师六十寿辰，开始着手绘作护生画的续集。第一册既然是五十幅纪念五十岁，那么续集纪念六十岁，自然就应该是六十幅了。丰子恺作画完毕，由宜山寄往泉州，请弘一大师配上文字。大师见续集绘出，非常欣慰，他给丰子恺写信曰：“朽人七十岁时，请仁者作护生画第三集，共七十幅；八十岁时，作第四集，共八十幅；九十岁时，作第五集，共九十幅；百岁时，作第六集，共百幅。护生画功德于此圆满。”

丰子恺收到此信，私下就想，其时寇势凶恶，自己流亡在外，生死难卜。但法师既已有此嘱托，又岂敢不从呢？因此他在复信中表示：“世寿所许，定当遵嘱。”

《续护生画集》（即《护生画集》第二册）由开明书店于 1940 年 11 月

出版，夏丏尊先生作序，文字仍由弘一大师书写。弘一大师还为续集写了跋文：“已卯秋晚，续护生画绘就，余以衰病，未能为之补题，勉力书写，聊存遗念可耳。”

由此可知，此时弘一大师已年迈体虚。大师抱病书写，为的还是护生画的完满。他自知不能再看到护生画后几册的出版，于是他在 1941 年先后给李圆净、夏丏尊写信，要求他俩召集有关人士帮助丰子恺完成后几集的编绘工作，并从取材、编排、风格诸方面都做了详细的交代。他说：“护生画续编事，关系甚大。务乞仁者垂念朽人殷诚之愿力，而尽力辅助，必期其能圆满成就，感激无量。”

弘一大师终于没有等到计划实现的那一天，过早地于 1942 年 10 月在泉州圆寂了。数年之后，夏丏尊先生于 1946 年病逝，李圆净居士于 1950 年左右离世。护生画功德圆满的使命落到了丰子恺一个人身上。

三

《护生画集》前两册出版以后，社会反响热烈。尤其在佛教界，更是广泛流传，诸如大中书局、大法轮书局、大雄书店、佛学书局等佛教出版机构皆相继印行。据我所知，仅《护生画集》第一册就有十五种版本之多。其中有的注明出版者，有的没有注明。而就印数而言，每种版本每次印刷，少则一千五百册，多则五千册，这些数字相加，护生画流布之广可想而知。这样的发行量在当时的出版界是很少有的了。此外，还有几种英译本问世，如中国保护动物会于1933年8月初版的由黄茂林翻译的英译本，首次印数也达一千五百册。

当然，也并不是所有人都赞颂护生画的，社会上对《护生画集》有异议的意见也时有所见。其中，丰子恺与曹聚仁的论争是最具代表性的。

丰子恺与曹聚仁原是浙江省立第一师范学校的同学。抗战爆发后，丰子恺在避寇逃难途中，曹聚仁又在浙江兰溪老家接待过丰氏一家，并请丰家吃了顿饭。然而此后，丰曹却绝交了，原因就出在对护生画的态度上。曹聚仁在《朋友与我》中说："后来……《中学生》复刊了……我就把旅途所见……一一都记了下去。也说了子恺兄的愤恨之情。大概，我引申了他的话：'慈悲'这一种概念，对敌人是不该留存着了。……哪知……子恺兄看了大为愤怒，说我歪曲了他的话，侮辱了佛家的菩萨性子。他写了一篇文章骂我。"曹聚仁此处所述"骂"他的文章即指丰子恺发表在《少年先锋》上的《一饭之恩》。丰子恺写此文缘于听人说"曹聚仁说你的《护生画集》可以烧毁了！"而发表了他对护生画的见解："他们都是但看皮毛，未加深思；因而拘泥小节，不知大体的。《护生画集》的序文中分明说的是，护生就是护心……救护禽兽鱼虫是手段，倡导仁爱和平是目的。"丰子恺又说："我们为什么要'杀敌'？因为敌人不讲公理，侵略我国；违背人道，荼毒生灵，所以要'杀'。故我们是为公理而抗战，为正义而抗战。我们'以杀止杀'不是鼓励杀生，我们是为护生而抗战。"

丰子恺在另一篇文章《则勿毁之已》中又说："顽童一脚踏死数百蚂蚁，

我劝他不要。并非爱惜蚂蚁，或是想供养蚂蚁，只恐这一点残忍心扩而充之，将来会变成侵略者，用飞机载了重磅炸弹去虐杀无辜的平民，故读《护生画集》，须体会其‘理’，不可执着其‘事’。”

类似这样的表白，丰子恺几乎是不遗余力的。《护生画集》第三册上有丰子恺自序共二千余字，而其中一千余字就专门谈了护生画的宗旨和意义。丰子恺与曹聚仁后来确实绝交了。初看起来，这是他们个人之间的恩怨，然而细想一下，像丰子恺这样一位与人为善的仁者，居然在这件事上与朋友翻脸，足见其护生信念之坚定了。

四

1948年9月，丰子恺游台湾，同年11月23日又到厦门。在厦门期间，丰子恺应邀为厦门佛学会做了一次题为《我与弘一法师》的演讲；1948年元旦刚过，他又赴泉州谒弘一大师圆寂之地。丰子恺在泉州的时候，有一位居士拿出一封信给丰子恺看，此信正是当年丰子恺寄给弘一大师的，信上“世寿所许，定当遵嘱”八个字顿时跳至丰子恺眼前。于是他当即发愿绘作《护生画集》第三册七十幅。1月14日，丰子恺在厦门赁居古城西路43号二楼，闭门三月，终于完成。

根据开明书店章锡琛先生的提议，丰子恺给当时卜居香港的叶恭绰先生写信，请求题字。叶恭绰很快允诺。这样，丰子恺于4月初亲自携画赴港，两个星期后，七十页护生诗全部写毕。丰子恺又于4月底携画稿飞抵上海，交大法轮书局。《护生画集》第三册（当时书名为《护生画三集》）于1950 年 2 月出版。

丰子恺此次在厦门遇见了神交已久的新加坡广洽法师。广洽法师是弘一大师平生最亲近的人之一，他俩这回在厦门见面，共同发愿要为纪念弘一大师携手努力，其中自然也包括完成护生画的最后编绘与出版。

1960 年夏，丰子恺已计划绘作《护生画集》第四册，只苦于出版困难，他给在新加坡的广洽法师写信曰："近来常感两事遗憾：其一，弘公八十冥寿，原拟作护生画第四集八十幅刊。今材料已有，而出版困难。只得从缓实行。"广洽法师立即给丰子恺回信，表示可在海外募款出版。丰子恺在欣慰之余，全力作画，并请朱幼兰居士题字后寄交广洽法师。《护生画集》第四册，即《护生画四集》遂于 1961 年初在新加坡薝蔔院出版。

第四册出版后不久，广洽法师以及丰子恺其他友人均建议他尽早绘作第五册。丰子恺本人也有此意。他在 1964 年 9 月 5 日写给广洽法师的信中表示："护生画第五集提早制作。弟已下决心，预定一年半载之内完成，今已准备辞谢数种工作，以便速成此集。现在采办参考书籍等，定当提早完成，请转告关心护生诸信善可也。"就在丰子恺着手觅诗、作画的同时，广洽法师已在新加坡募款完毕并与印刷部门签订了合同。丰子恺于 1965 年 6 月初收集诗文九十篇，寄北京虞愚先生书写，然后逐一作画。1965 年 8 月，九十幅护生画宣告完成，并寄广洽法师。9 月即出版发行。

五

“文革”开始后，丰子恺被列为上海市十大重点批斗对象，他的护生画当然也被列为“反动书刊”。可执着的丰子恺并没有忘记尚未完成的护生画第六集，无论处境多么险恶，他也要使护生画功德圆满。

丰子恺绘护生画第六集是在极其保密的情况下进行的。由于通信不方便，就连广洽法师也不知实情。广洽法师在《护生画集》第六册序言中就说：“从此数年之后，往来音问，若断若续，似有不能言之隐衷……”

丰子恺作第六集是在 1973 年。由于有关书籍损失殆尽，缺乏画材，丰子恺颇费踌躇。有一天，他与曾替《护生画四集》题字的朱幼兰谈及此事，托其搜寻可供参考的书籍。朱幼兰回家后，在尘封的旧书中找到一册《动物鉴》。丰子恺见书心喜，认为此书内容丰富，作书当无问题了。不久，护生画第六集一百幅完成。题字的任务再一次落到了朱幼兰肩上。当时丰子恺对朱幼兰说：“绘《护生画集》是担着很大风险的，为报师恩，为践前约，也就在所不计了！”他又说：“此集题词，本想烦你，因为风险太大了，还是等来日再说吧。”朱幼兰被丰子恺的精神所感动，当下表示：“我是佛门弟子，为弘法利生，也愿担此风险，乐于题词。”

护生画第六集于 1973 年完成后，丰子恺自知不久于人世，便托朱幼兰保管。1975 年 9 月 15 日，丰子恺与世长辞，终于未能见到六集护生画出齐。“文革”结束后，广洽法师于 1978 年秋再度赴沪。他十分关心第六集的情况。当他从朱幼兰那里了解到实情后，内心十分感动。广洽法师在《方外知音何处寻？》一文里说：“不受环境的挫折而停顿。不受病魔的侵患而退馁。以护生则护心，永远保持这颗赤裸裸对待人的良心善念，生死以之，义无反顾。”于是他此次离开上海时，即将原稿带走，随后就募款将第一至第六册于 1979 年 10 月同时由香港时代图书有限公司出版，护生画于此功德圆满。（六册护生画原稿后由广洽法师于 1985 年 9 月捐给浙江博物馆收藏）台湾女作家席慕蓉认为在第六集里，“一个佛教徒的温和慈悲的心肠显现到了极点，一个艺术家的热烈天真的胸怀到了最后最高的境界。……每一笔每一句都如冬阳，让人从心里得到启示，得到温暖”。

早在《护生画集》第一册上，弘一大师就在所附回向偈里指明了护生画的原则，即“以艺术作方便，人道主义为宗趣”。四十六年来，丰子恺始终遵循着这一原则，在不同的历史时期里，任凭阴晴风雨，坚持不懈，最终实现了他“世寿所许，定当遵嘱”的诺言。广洽法师在《护生画集（第六集）》序言中对护生画又做了总结，这就是：“盖所谓护生者，即护心也，亦即维护人生之趋向于和平安宁之大道，纠正其偏向于恶性之发展及暴力恣意之纵横也。是故《护生画集》以艺术而作提倡人道之方便，在今日时代，益觉其需要与迫切。”

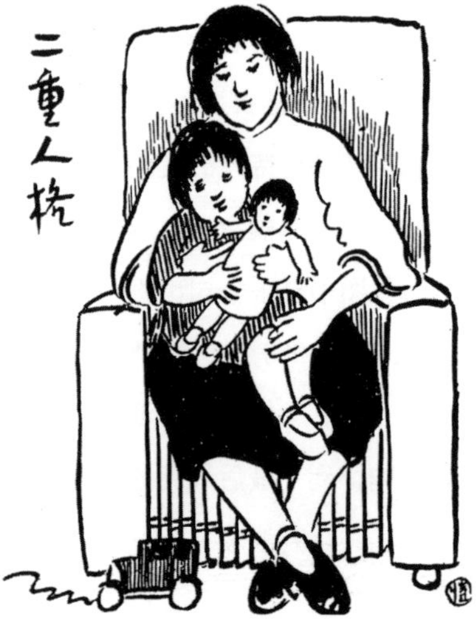

二重人格

权利与义务

《儿童生活漫画》序言[1]

文 / 丰子恺

我做了有六个儿童的家庭的家长，而且天天和他们一同住在家里，儿童生活的状况在我是看饱了，虽然烦躁的时候居多，但发现他们生活中可咏可画的情景的时候，也觉得欢喜。那时候我便设法记录我的欢喜。这些画便是记录的一种。陶渊明《止酒》诗中有句云："大欢止稚子。"在这里我要拜借他这句话。

之佛[2]兄为儿童书局索稿，因捡箧中稍完成者三十六幅付之，并书此序言。

二十年（1931）八月十日　子恺记

---

① 此序言系手书，原题仅"序言"二字。——编者注

② 指画家、美术教育家陈之佛。

梦

夏

童话世界

冬夜

云霓

《云霓》代序

文 / 丰子恺

这是去年夏天的事。

两个月不下雨，太阳每天晒十五小时。寒暑表中的水银每天爬到百度之上。河底处处向天，池塘成为洼地。野草变作黄色而矗立在灰白色的干土中。大热的苦闷和大旱的恐慌充塞了人间。

室内没有一处地方不热。坐凳子好像坐在铜火炉上。按桌子好像按着了烟囱。洋蜡烛从台上弯下来，弯成磁铁的形状。薄荷锭在桌子上放了一会，旋开来统统熔化而蒸发了。狗子伸着舌头伏在桌子底下喘息。人们各占住了一个门口而不息地挥扇，挥得手腕欲断，汗水还是不绝地流。汗水虽多，饮水却成问题。远处挑来的要四角钱一担，倒在水缸里好像乳汁，近处挑来的也要十个铜板一担，沉淀起来的有小半担是泥。有钱买水的人家，大家省省地用水。洗过面的水留着洗衣服，洗过衣服的水留着洗裤。洗过裤的水再留着浇花。没有钱买水的人家，小脚的母亲和数岁的孩子带了桶到远处去扛。每天愁热愁水，还要愁未来的旱荒。迟耕的地方还没有种田，田土已硬得同

卖浆

卖席

开水

牵牛织女星

藕

他的家眷——竹叶青一口

石头一般。早耕的地方苗秧已长，但都变成枯草了。尽驱全村的男子踏水。先由大河踏进小河，再由小河踏进港汊，再由港汊踏进田里。但一日工作十五小时，人们所踏进来的水，不够一日照临十五小时太阳的蒸发。今天来个消息，西南角上的田禾全变黄色了；明天又来个消息，运河岸上的水车增至八百几十部了。人们相见时，最初徒唤奈何："只管不下雨怎么办呢？""天公竟把落雨这件事根本忘记了！"但后来得到一个结论，大家一见面就惶恐地相告："再过十天不下雨，大荒年来了！"

此后的十天内，大家不暇愁热，眼巴巴地只望下雨。每天一早醒来，第一件事是问天气。然而天气只管是晴，晴，晴……一直晴了十天。第十天以

香烟吃到了

桂花

后还是晴，晴，晴……晴到不计其数。有几个人绝望地说：“即使现在马上下雨，已经来不及了。”然而多数人并不绝望：农人依旧拼命踏水，连黄发垂髫都出来参加。镇上的人依旧天天仰首看天，希望它即刻下雨，或者还有万一的补救。他们所以不绝望者，为的是十余日来东南角上天天挂着几朵云霓，它们忽浮忽沉，忽大忽小，忽明忽暗，忽聚忽散，向人们显示种种欲雨的现象，维持着他们的一线希望。有时它们升起来，大起来，黑起来，似乎义勇地向踏水的和看天的人说：“不要失望！我们带雨来了！”于是踏水的人增加了勇气，愈加拼命地踏，看天的人得着了希望，欣欣然有喜色而相与欢呼：“落雨了！落雨了！”年老者摇着双手阻止他们：“喊不得，喊不得，要吓退的啊。”不久那些云霓果然被吓退了，它们在炎阳之下渐渐地下去，

归宁

少起来，淡起来，散开去，终于隐伏在地平线下，人们空欢喜了一场，依旧回进大热的苦闷和大旱的恐慌中。每天有一场空欢喜，但每天逃不出苦闷和恐怖。原来这些云霓只是挂着给人看看，空空地给人安慰和勉励而已。后来人们都看穿了，任它们五色灿烂地飘游在天空，只管低着头和热与旱奋斗，得过且过地度日子，不再上那些虚空的云霓的当了。

这是去年夏天的事。后来天终于下雨，但已无补于事，大荒年终于出现。现在，农人啖着糠粞，工人闲着工具，商人守着空柜，都在那里等候蚕熟和麦熟，不再回忆过去的旧事了。

我现在为什么在这里重提旧事呢？因为我在大旱时曾为这云霓描一幅画。现在从大旱以来所作画中选出民间生活描写的六十幅来，结集为一册书，把这幅《云霓》冠卷首，就名其书为《云霓》。这也不仅是模仿《关雎》《葛覃》，取首句作篇名而已，因为我觉得现代的民间，始终充塞着大热似的苦闷和大旱似的恐慌，而且也有几朵"云霓"始终挂在我们的眼前，时时用美好的形状来安慰我们，勉励我们，维持我们生活前途的一线希望，与去年夏天的状况无异。就记述这状况，当作该书的代序。

记述既毕，自己起了疑问：我这《云霓》能不空空地给人玩赏吗？能满足大旱时代的渴望吗？自己知道都不能。因为这里所描的云霓太小了，太少了。仅乎这几朵怎能沛然下雨呢？恐怕也只能空空地给人玩赏一下，然后任其消沉到地平线底下去的吧。

廿四年（1935）三月十九日作

“阿三夫君如见……”

“今天天气好！”

《人间相》序言

文 / 丰子恺

在上世，绘画用于装饰。故原始之绘画为图案。如五云、万字、龙鳞、凤彩之类，皆世间之调和相也。

当盛世，绘画用以赞美。故人称美景曰“如画”。如明山、秀水、佳人、才子之类，皆世间之欢喜相也。

至末世，绘画用为娱乐。故俗称“描画”曰“画花”。如草、本、虫、禽、风、花、雪、月之类，皆世间之可爱相也。

吾画既非装饰，又非赞美，更不可为娱乐，而皆人间之不调和相、不欢喜相，与不可爱相，独何欤？

东坡云：“岁恶诗人无好语。”若诗画通似，则窃比吾画于诗可也。

廿四年（1935）六月子恺记

“我们所造的”

五卅之歌

恶梦

抵抗

到上海去的

《都会之音》代序

文 / 丰子恺

都会常把物质文明所产生的精巧、玲珑而便利的种种用品输送到乡村去，或显示给乡村看。这好像是都会对乡村的福音，其实却害苦了乡村的人！他们在粗陋、简朴、荒凉、寂寞的环境里受了这种进步的物品的诱惑，便热烈地憧憬于繁华的都会生活的幸福，而在相形之下愈觉自己这环境的荒寂与生活的不幸，然而不能插翅飞向都会去。这好比把胭脂、花粉、弓鞋、月棉投进无期徒刑的男牢里。

从前有一句俗语，形容局部与全体的关系的，叫作“拾得了苏州袜带儿”。意思是说：布衣草裳的乡下穷人拾了一只当时认为服装最时髦的苏州人的袜带儿，须得把原有的袜、鞋、裤、衣、帽，以至房子、老婆等统统换过，方才配用。不换过时，用了这袜带儿不配得可笑。现在都会把物质文明所产生的各种精巧、玲珑而便利的用品输送到穷乡去，正同教乡下人拾得苏州袜带儿一样。若要使他们合用，须得把乡村全部改造；不改造时，其不配也可笑。

小小的一匣火柴，在乡村里，有时被显衬得异常精巧。因为那里还有火

村学校的音乐课

西湖上的大饼油条

钵头的存在。烧饭时放些火灰在钵里，种两个柴头在里面，便可一天到晚有火，而不费一文。所以他们不得已时不擦火柴，买了一匣火柴可以用个把月。然而近来都会里输送过来的火柴，忽然匣子扁了，分量减少而价钱增贵了。这在都会人看来原是物品的进步，塞在洋装或摩登服装的袋里比前便利得多了；至于量少价贵，差一两个铜板有什么关系呢？然而乡下人想不通这个用意，享不到这种便利。不得已时，也只得买一匣扁火柴来和火钵头并列着。都会人对于扁火柴还不满足，又造出精巧玲珑的打火灯来，也把它们输送到乡村去。有时打火灯也同火钵头会在一块，看了觉得好笑。又如香烟这种消耗品，近年来流行的普遍实在可惊。乡村里的老太太出街时，为了手头找不

“洋画”

假期中之家

到水烟筒，有时也用拇指和食指撮住了一根香烟在扁嘴里吸，样子怪新奇。至于乡村的毛头小伙子，吸香烟已成了常事。

三个铜板买两支，把一支储藏在耳朵里，拿一支来吸。一时用脱三个铜板，数目原也不大，然而连日累月地计算起来，香烟的用费比从前吸老烟贵到数倍，乡下人暗中被香烟的诱惑骗去不少的钱！在没有流行这种便利的烟草以前，乡下人出街时自带老烟筒，不带的也可以到店家去白吸几筒水烟。然而现在与前不同：身上有几个铜板的人出门就不带烟筒，店家也不再备烟请客。因为弄口、市梢，处处都有香烟的零售处了。原匣的香烟，里面有灿

呼渡

童叟

烂发光的锡纸包、五彩精印的画片，外面有精美华丽的纸匣儿。这些装潢都是在物质文明的都市里用进步的机器制出来的。然而放在土岸上芦席棚下的茶摊上许多衣衫褴褛的人所围绕的板桌上，其不调和也很可笑。若拿这些吃茶人和画片上所绘的摩登女子比较起来，前者都好像是石器时代的原始人；不然，后者便好像是一种玩具。都会人当作果壳儿抛弃的香烟罐头，乡下老太太讨得了一个视同无价之宝，供在灶山上当茶叶瓶，令子孙世世代代地宝用下去。

小小一粒洋纽扣，在乡村里也难得妥当的地方可以安置。这是机器的产物，原为洋装的衬衫、“大英皮”的皮鞋等服装而制造。一到乡村里，就被装在老布棉衣的襟上、三寸金莲的高高的脚山上。还有种种摩登的衣料，上面织着与都会里舞场上的环境相配的图案，也输送到穷乡僻壤里去推销。有时披在跪在城隍菩萨面前求签的女子身上，有时裹在扶着凤冠霞帔的新娘子上花轿的女傧相身上。这种地方有时还有洋装人物出现，使人看了兴起时代错误之感。洋装的人在这种环境里真被怠慢：冬天，乡村的房子前后通风，不装火炉，在室内不脱帽子和大衣有乖洋风，脱了实在冷不可挡。夏天，乡村里既无风扇，又无刨冰，更无冷气；重重叠叠的汗衫、衬衫和上衣，外加枷锁链条一般的硬领和领带，穿了几天可以使人发痧。“大英皮”鞋走在尖角石子的路上要擦破皮，走在泥路上要滑跤，脚趾非时时用劲不可。我推想他们在艰苦的时候一定会惦记起都会来：冬暖夏凉的洋房，开阔的水门汀，平整的柏油路，闪亮的漆地板，以及软软的地毯。也许他们自认为都会之人，不幸而暂时流落在这破陋的乡村里的；也许他们抱着大志，要改造全部乡村的环境来适应他们的服装，同换过全身衣服、房子和老婆来配用苏州袜带儿一样。

饮食方面也有这种状态：汽水和各种洋式糖果近来也输送到乡下去。汽水的味道并不特别好，饮了不醉也不饱；不过据说是用蒸馏水制的，作为夏日的饮料大合卫生。卫生是“性命交关”的事，谁敢反对呢？然而据我所见，励行卫生大都不能彻底，实甚可惜。怕毒菌和微生虫的人，要把水煮得沸，要把菜蔬煮得熟。然而他们对于杯、碗、筷、瓢，以及厨子的用具和手，却不甚彻底调查其清洁与否。这种器具的清洁与否，不想则已，细想起来都是

敬客——半支香烟

靠不住的。防接触传染的人，裹足不到疾病流行的地带去，绝对不到病人死人的家里去。然而他们出门坐电车时也用手吊住车门口的铜柱，旋开车厢的门，拉住车厢内的拉手。他们换兑及买物时也曾接受不知经过谁人的手的银洋、角子和铜板，而且把它们宝藏在怀中。这种铜柱、门闩、拉手，和银洋、角子、铜板上面，有没有病菌停留着呢？天晓得！还有防空气传染的人，出门用套子把口鼻蒙住。然而他吃饭时能否也戴套子？他的家里能否自制一种空气，使与外界的大气完全隔绝？总之，励行卫生原可以减少传染的机会，但是很不彻底。而在乡村“马虎”尤甚。这蒸馏水制的汽水，原是注重卫生而又生活阔绰的都会人的饮料。他们能以蒸馏的汽水代茶喝，在卫生上总较好些；况且有钱没处用，乐得阔绰吧。然而这东西流行到乡村来，很不适当。并非说乡村的人都贱，不配饮汽水。实因与乡村生活的“马虎”习惯和环境不合。常见小市镇上狭狭的一条市河里，上流有人洗马桶，下流有人淘米，或者挑饮水。常见乡村人家的饭箩上，乌丛丛地盖着一层苍蝇。常见饭粒里夹着苍蝇的尸骸。而见者和吃者皆恬不为怪。度着这样“马虎”生活的人，其实无须乎出重价购饮蒸馏水的汽水。然而都会管自把汽水送到乡下来。那些汽水瓶儿亮晶晶地倒挂在乡村的糖果店门口，怪诱惑的。身上有两只角子的好奇者都要尝试一下看。开瓶时先吓坏了几个旁观者，然后用大拇指尽力抵住瓶口，总算饮了喷剩的大半瓶汽水。然而大拇指上的汗汁和齷龊也一并饮进在肚里了。洋式的糖果，听说曾在乡村间闹过笑话：曾有人把橡皮糖的渣滓吞下肚子里去，觉悟了这错误之后，他吃杏仁糖时舔尽了外面的糖衣，就把内藏的杏仁当作果核，吐在地上给狗子吃。都会的“吃客”在这点上可以骄人，笑指这乡村人为“猪头三”。“吃客”和“猪头三”，都是时代错误的现世社会中的可笑的产物。

交通的发达，常把都会的面影更整块地显示给乡村人看，对他们作更强的诱惑。火车所穿过的地方，处处是矮屋茅棚集成的乡村。当电灯开得闪亮的特别夜快通车的头等车厢载了正在喷雪茄、吃大菜的洋装阔客而通过这些乡村的时候，在乡村人看来正像一朵载着一群活神仙的彩云飞驰而过。由此想见都会真是天堂一般的地方！然而在他们是可望而不可即的。飞机轧轧地在乡村的天空中盘旋。有时司机要装威风给乡下人看，故意飞得很低，几乎带倒了草棚的屋脊，吓得屋里的人逃出屋外来，屋外的人逃进屋里去。慢吞吞地荡着摆渡船的人举头望着风驰电掣的飞机，当作传说里的大鹏鸟看，不相信这是和他的摆渡船同类的一种交通用具。

最活跃地把都会之音输送到乡村来诱惑乡下人的，莫如最近盛行的无线电收音机。不久以前，乡下的老太太听了留声机“唱洋戏”，曾经猜疑有小人躲在小箱里面吹唱。这个疑案尚未解决，现在又来了一种不需转动而自会吹弹歌唱的小箱子。以前的留声机所唱的，虽然乡下人都称为“洋戏”，其实就是乡间常演的戏文里的腔调，乡下人都会鉴赏。这不是都会专有之音，而是乡村原有之音，故对于环境总算是调和的。现在的收音机所发的音，就有许多与乡村很不调和的都会之音：油腔滑调的对白、都会风的弹唱、像煞有介事的演说、肉麻连气的跳舞音乐，加之以各大马路各大商店的广告。娇滴滴的女声抑扬顿挫地说着：“诸位要做新式服装请到 × 马路 ×× 绸缎局。花样时新，价钱便宜，招待诚恳。公馆里只要打电话，立刻把花样送到，电话号码 ×××××，请注意。”“诸位要吃大菜，请到 × 马路 ×× 公司，物事精美，招待周到，座位幽雅，价钱相巧。”下面仰起了头听着的是一班鹑衣百结而面有菜色的农人，不过这菜色不是大菜之色。收音机不啻是专把都会繁华的幸福报告给穷屈的乡村人听的机器。

以上所说，自火柴以至收音机，都是物质文明对人类的贡献，都好像是都会给乡村的福音。然而乡村人从这些所受得什么呢？无他，只有惊异、诱惑，和可笑的不称。乡下人“拾得了苏州袜带儿”，原是不用的，除非换过周身的衣服，造过房子，讨过老婆。现在中国无数的乡村，好比无数“拾得了苏州袜带儿”的乡下人，但他们都没有换过衣服，造过房子，讨过老婆，而被强迫用着这条时髦的袜带儿，因此演成了可笑的状态。

都会之音用了种种方式而传达到乡村去，使得乡村好像乡下人“拾得了苏州袜带儿”。乡村之音也可用种种方式传达到都会里去。但恐都会对他们好像苏州人拾得了乡下破草鞋，丢进垃圾桶里了。

廿四年（1935）四月十二日作

阿Q遗像

《漫画阿 Q 正传》初版序言[1]

文 / 丰子恺

抗战前数月，即廿六年（1937）春，我居杭州，曾作《漫画阿 Q 正传》。同乡张生逸心持原稿去制锌版，托上海南市某工厂印刷。正在印刷中，抗战开始，南市变成火海，该稿化作灰烬。不久我即离乡，辗转迁徙，然常思重作此画，以竟吾志。廿七年（1938）春我居汉口，君匋[2]从广州来函，为《文丛》索此稿，我即开始重作，允陆续寄去发表。不料广州遭大轰炸，只登二幅，余数幅均付洪乔。《文丛》暂告停刊。我亦不再续作。后《文丛》复刊，来函请续，同时君匋新办《文艺新潮》，亦屡以函电来索此稿。惜其时我已任桂林师范教师，不复有重作此画之余暇与余兴，故皆未能如命。今者，我辞桂林师范，将赴宜山浙江大学。行装已整，而舟车迟迟不至。因即利用此闲暇，重作《漫画阿 Q 正传》，驾轻就熟，不旬日而稿已全部复活，与抗战前初作曾不少异。可见炮火只能毁吾之稿，不能夺吾之志。只要有志，失

---

① 《漫画阿 Q 正传》系 1939 年 7 月开明书店出版。——编者注。

② 指钱君匋。——编者注。

“阿 Q 的铜钱拿过来！”

“你怎么会姓赵——你那里配姓赵？”

者必可复得，亡者必可复兴。此事虽小，可以喻大。因即将稿寄送开明，请速付印。

此画之背景应是绍兴，离吾乡崇德[①]二三百里。我只经行其地一二次，全未熟悉绍兴风物。故画中背景，或据幼时在崇德所见（因为崇德也有阿Q），或但凭主观猜拟，并未加以考据。此次稿成，特请绍兴籍诸友检查。幸蒙指

① 崇德当时是县（作者故乡石门镇属崇德县），今改为崇福镇，与石门镇同属浙江省桐乡县。——编者注。

"我说他！"

"君子动口不动手！"

教，改正数处。但并未全取绍兴背景。因据诸友人说，鲁迅先生原文中所写，未必全是绍兴所有。（例如赴法场之"没有篷的车子"，可坐数人者，绍兴并无此物。杀犯一向是用黄包车载送法场的。）可知此小说不限定一地方的写实，正如"阿Q相"集人间相之大成一样。然则但求能表示"阿Q相"，背景之不写实，似无大碍。我亦懒惰无心学考据了。

《阿Q正传》虽极普遍，然未曾读过者亦不乏其人。为此等读者计，吾特节取鲁迅先生原文的梗概，作为漫画的说明。割裂之处，以"……"为记号。请读者谅鉴。

“阿 Q，你还有绸裙么？没有？纱衫也要的，有罢？”

吃过晚饭，便坐在厨房里吸旱烟。

最后，敬祝鲁迅先生的冥福，并敬告其在天之灵：全民抗战正在促吾民族之觉悟与深省。将来的中国，当不复有阿 Q 及产生阿 Q 的环境。这是堪以告慰的事。

一九三九年三月二十六日深夜

丰子恺记于桂林

“老Q”，赵太爷怯怯地迎着，低声地叫。

《漫画阿Q正传》十五版序言[1]

文 / 丰子恺

这画册是十二年前（一九三九年）避寇居桂林时所作的。原序末了说："全民抗战正在促吾民族之觉悟与深省。将来的中国，当不复有阿Q及产生阿Q的环境。"当时不过希望而已，岂料十二年后十五版的时候，中华民族果然因了人民解放而一齐站起，振作自新，果然不复有阿Q及产生阿Q的环境的存在了！这是何等使人兴奋而可庆的事。现在我们真有资格可以告慰鲁迅先生在天之灵了！

中华人民共和国成立之后，我又把鲁迅先生的其他七八篇小说译成绘画，书名《绘画鲁迅小说》，由万叶书店出版。那书和这书是一类的，应该合并的，所以介绍在这里。

---

① 《漫画阿Q正传》系1939年7月开明书店初版，1951年9月十五版。——编者注。

这晚上，管祠的老头子也意外的和气。

阿Q疑心他是和尚。

关于这书，我有一点说明。出版十余年来，常常收到读者来信，质问我：第十二图的假洋鬼子为什么有辫子？他的辫子早已剪脱，他的老婆不是为此跳了三回井吗？大概是你画错了吧？关于这质问，我曾经在大后方的某报上登过一篇解答，但是看到的人不多，胜利后我回到上海，仍然有人写信来问。现在我就在此说明一下：假洋鬼子的辫子是假的。原文中说："阿Q尤其深恶而痛绝之的，是他的一条假辫子。辫子而至于假，就是没有了

“过了一千年又是一个……”

做人的资格，他的老婆不跳第四回井，也不是好女人。”[1]但我的绘画所节录的原文，因为篇幅限制，未曾把假辫子这一段节录进去，因此引起了读者的疑问。这虽是由于读者不读全篇原文的缘故，但我的节录的不周到也有责任。现在只得在这里加以说明。

一九五一年八月十八日　丰子恺记于上海

---

① 见《呐喊》131 页。

《大树画册》序①

文 / 丰子恺

吾昔年曾作《护生画集》。“一·二八”事起，埃塞俄比亚之屠杀与西班牙之血战继之，或问曰：“君惜物命，于人命何独无言？”答曰：“恩及禽兽，功岂不至于同类之人？物命尚惜，人命自不必言。吾方劝世人以人道待畜，不料世人之以畜道待人也；吾方以人视世人，不意世人之自堕于畜道也。”迩者，蛮夷猾夏，畜道横行于禹域，惨状遍布于神州，触目惊心，不能自已。遂发为绘画，名曰大树。由爱物而仁民，以护生之笔画大树，岂吾之初心哉！是为序。

中华民国二十八年（1939）六月五日

子恺时客广西宜州

① 《大树画册》系 1940 年 2 月上海文艺新潮社出版。原序系手写，无标题。——编者注

大树被斩伐，生机并不绝。春来怒抽条，气象何蓬勃。

盛筵当我前，良朋坐我侧。为念流离苦，停杯不能食。

青天白日下，到处可为乡。

看壁报

胜境在望

凯归

《客窗漫画》序[1]

文 / 丰子恺

前年香港有人把我的新画旧画拉杂地收集拢来，编刊一本书名之曰《战地漫画》。又从报上剪下我在桂林时的《艺术讲话》稿来，刊在卷首，名之曰“代序”。而且书中有好几幅画，是编刊者代笔的，或代题的。我全不知道这事，钱君匋首先把这书寄给我，而且说他一看就知道是假的，所以买了寄给我，劝我留意。我感谢他的好意，同时可怜那代编者，料想他是逃难中穷极无聊，不得已而出此的。后来据人说，那人在香港靠这书赚了不少的钱，于是我心中感觉不安。因为这书实在编得太不成样，骗了许多读者。第一，把我的画增删修改，勉强安上与抗战有关的题目；第二，加上不伦不类的“代序”，张冠李戴；第三，用骗人的书名《战地漫画》，实则书中没有一幅写战地的，这行径与趁火打劫想发国难财相似。

---

① 《客窗漫画》系 1942 年 8 月桂林今日文艺社出版。原序名《客窗漫画》。——编者注。

自由捐

浮云蔽白日

轰炸

警报中

顾亭林先生陷敌中，居常以刀绳自随。清廷欲致之，曰：“刀绳俱在，毋速我死！”

冷士嵋先生陷敌中，虽晴天，出必蓑衣箬笠，竹杖芒鞋，示不共天地。

一片孤城万仞山

落日放船好[1]

① 仿陈师曾同题漫画。

春水船如天上坐

湖光都欲上楼来

抗战军兴，我的故乡变成焦土，我赤手空拳地仓皇逃难。但也只是逃难而已，自愧未能投笔亲赴战地为国效劳。所以抗战以来，我的画都是逃难中的所见及所感，即内地的光景，与住在后方的一国民（我）的感想而已。这些画虽然也与抗战有关，却不配称为“战地漫画”，这只是逃难中在荒村的草舍里、牛棚里画兴到时的漫笔而已。旧友黎丁君办今日文艺社，向我索稿，我就把自己所保留的画稿付他，且定名为《客窗漫画》。客窗就是草舍牛棚的意思。这可以证明以前他人代刊的《战地漫画》全不是我自己所保留而愿刊的稿子，也可以表白我的画全不是战地漫画。这就算是序。

三十年（1941）子恺于遵义

《画中有诗》自序

文 / 丰子恺

余读古人诗，常觉其中佳句，似为现代人生写照，或竟为我代言。盖诗言情，人情千古不变，故好诗千古常新。此即所谓不朽之作也。余每遇不朽之句，讽咏之不足，辄译之为画。不问唐宋人句，概用现代表现。自以为恪尽鉴赏之责矣。初作《贫贱江头自浣纱》图，或见而诧曰：此西施也，应作古装，今子易以断发旗袍，其误甚矣。余曰：其然，岂其然欤？颜如玉而沦落于贫贱者，古往今来不可胜数，岂止西施一人哉？我见现代亦有其人，故作此图。君知其一而不知其他，所谓泥古不化者也，岂足与言艺术哉？其人无以应。吾于是读诗作画不息。近来积累渐多，乃选六十幅付木刻，以示海内诸友。名之曰《画中有诗》。

三十二年（1943）元旦子恺记于重庆沙坪坝，寓楼

蝴蝶儿，晚春时。阿娇初着淡黄衣，倚窗学画伊。

香车宝马湖山闹，惟有那湖畔人俏，低唱新词教阿娇。

山涧清且浅，可以濯我足。

奏凯归来解战袍，山容水态依然好。

青山个个伸头看，看我庵中吃苦茶。

弹开云数重，惊落花几朵。

登山立高处，贪得夕阳多。

《人生漫画》自序

文 / 丰子恺

卅三年（1944）秋，万光书店店主章瑋圭[①]拿我的人生漫画六十幅去刻木版，将付印，索我自序。说起这些画，我不得不想起林语堂和陶亢德两人来。“人生漫画”这名目，还是林语堂命名的。十余年前，上两人办《宇宙风》，向我索画稿。林语堂说：“你的画可总名为人生漫画。”我想，这名词固然好，范围很广，作画很自由，就同意了。当时我为《宇宙风》连作了百余幅，自己都无留稿。抗战军兴，我逃到广西，书物尽随缘缘堂被毁，这些画早被我忘却了。忽然陶亢德从香港寄一封很厚的信来。打开一看，是从各期《宇宙风》上撕下来的人生漫画。附信说，《宇宙风》在上海受敌人压迫，已迁香港续办。他特从放弃在上海的旧杂志中撕下这些画来，寄我保存。因为他知道我所有书物都已被毁了。他这一片好心，我自是感谢。但当时我漂泊无定，无心刊印此集。把陶亢德寄来的一叠画稿塞在逃难箱子底，一直忘记了。直到今年，我无意中在箱底发现此稿，正好瑋圭新办万光书店。我

① 章瑋圭是随丰子恺一起逃难的同乡，缘缘堂时期曾随丰子恺学习书法。

“请先请先”声中黄狗失礼了

文盲富翁用廿四史作板壁

穿洋装的洋文盲

杀风景

现世家庭三种

现代家庭又二种

眼光

烦闷

古冢密于草，新坟侵官道。
城外无闲地，城中人又老。

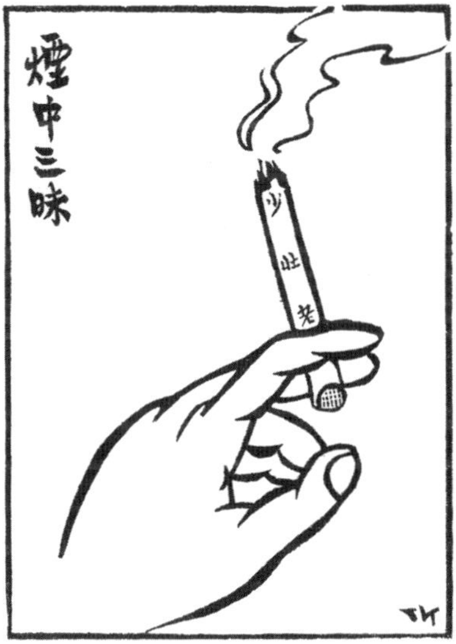

烟中三昧

人生之路

就选出六十幅，用薄纸重描，给他拿去刻木板，印成这册集子。作画与刊集，相隔十余年。而在我的心情上，更不止十余年，几乎如同隔世。因为世变太剧，人事不可复识了。当时与我常常通信或晤会的林语堂和陶亢德，现在早已和我阔别或隔绝。而当时在缘缘堂跟我学字的儿童章璋圭，现已在大后方的陪都[①]中新创书业，而为我刊印画集了。且喜这些画，还是同十余年前一样，含有一点意义，不失为人生漫画。因此想起了蠲戏老人[②]最近赠我的诗：

红是樱桃绿是蕉，画中景物未全凋。
清和四月巴山路，定有行人忆六桥。

身在他乡梦故乡，故乡今已是他乡。
画师酒后应回首，世相无常画有常。

卅三年（1944）九月二日

子恺记于沙坪小屋

---

① 陪都，指重庆。——编者注。

② 指马一浮先生。

摧残文化

《子恺漫画全集》序

文 / 丰子恺

抗战以前，我的画结集出版的共有八册，即《子恺漫画》（1926 年）、《子恺画集》（1927 年）、《护生画集》（1929 年）、《学生漫画》（1931 年）、《儿童漫画》（1932 年）、《都会之音》（1935 年）、《云霓》（1935 年）、《人间相》（1935 年）。廿六年（1937）秋抗战事起，这八册画集的版子和原稿尽被炮火毁灭，绝版已经四年了。我常想使它们复刊。但流亡中辗转迁徙，席不暇暖，苦无执笔的机会。最近安居贵州遵义，始得将《护生画集》重绘一遍，使它最先复刊。又新作《护生画续集》一册，为弘一法师祝六十之寿。这样，《护生画集》却因炮火的摧残而增多了一册。接着，开明书店徐调孚兄屡次来信，说常有读者要求，嘱将其余七册画集重新编绘，以便早日复刊。这七册共有画六百幅，重绘一遍，工程浩繁，一时不敢动手。今年花朝，我告一大奋勇，开始重绘。把六百幅旧作删去了约一半，把选存的三百余幅加以修改重绘，又把流亡以来的新作百余幅加入。埋头三十八天，至昨天居然完成，共得四百二十四幅。我把它们分编为六册：写诗意的八十四幅为一册，名曰《古诗新画》；写儿童生活的八十四幅为一册，名曰

太白遗风

《儿童相》；写学生生活的六十四幅为一册，名曰《学生相》；写民间生活的六十四幅为一册，名曰《民间相》；写都市状态的六十四幅为一册，名曰《都市相》；抗战后流亡中所作六十四幅为一册，名曰《战时相》。这样，七零八落的旧画集也因炮火的摧残而变成了一部有系统的新画集。画集好比儿女。现在，我的心灵的儿女就是这齐齐整整的八人：两册《护生画集》好比在外的两个大男，一部全集犹似在家的六个女儿。讲到儿女，这回重编中颇有所感，初作和重编相隔了十六七年。初作中所写的情景，在今日已有不

触目横斜千万朵，赏心只有两三枝。

可复识者，《儿童相》一集尤甚。昔年扶床的孩子，今日已变为伟丈夫与小妇人。古人云：“去日儿童皆长大，昔年亲友半凋零。”这两句好像是代我说的！十六七年，在人生确是一个可观的长时期。一生中能有几个呢？这可说是“隔世”了。《学生相》中《祖父的手》一幅便是一证。这画描写用执毛笔的姿势的手执着钢笔而写字，原题为《父亲的手》，今改为《祖父的手》。因为在今日，这种手在父亲们中已难得找到，只有祖父们中还有，所以非改不可了。这不是隔了一世了吗？人生无常，使人兴悲。但念“无常”便是“常”，

铲除

则又继之以喜。因为虽已隔世，犹幸作者茶甘饭软，眼明手健，能在三十八天中描出四百二十四幅画。况且膝下也有一个三岁娇儿新枚，能拿竹马泥龙来供给画材，使我的新作中也有蓬勃之趣。写这序文时，正是林先和慕法订婚的一天，他们双双地坐在我的窗前共看全集的原稿，笑指集中所写林先垂髫的姿态。这在我看来又是一种新的画材，可为他年再刊续集的资料。这全集的完成，全由于调孚兄的鼓励，于此谨致感谢。

民国三十年（1941）落花时节

子恺记于贵州遵义南坛之星汉楼

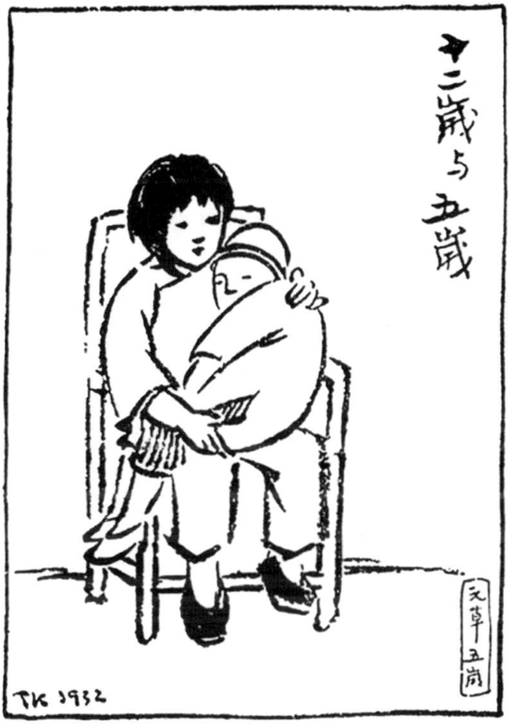

十二岁与五岁①

① 图为阿宝抱元草。

马蠲叟先生赠诗
——《子恺漫画全集之一·古诗新画》代序

文 / 马一浮

奉赠子恺尊兄

昔有顾恺之，人称三绝才画痴。今有丰子恺，漫画高文惊四海。艺术权威亦可惊，学语小儿知姓名。人生真相画不得，眼前万法空峥嵘。《护生》画了画《无常》，缘缘堂筑御儿乡。吴楚名城一朝烬，辗转流离来象郡。谁言杀尽始安居（庞居士偈云："护生须是杀，杀尽始安居。"此言杀者，谓断无明也），此是无常非气运。须弥为笔天为纸，点染虚空唯一指。四时云气异丹黄，万物何心著忧喜。却忆栖霞洞里游，仙灵魑魅话无休。（在桂林时与君同游是洞，导游者历指洞中物象述成故事，言皆谬悠。予因谓君世间历史或亦类此。）石头何预三生业，国史犹争九世仇。吾欲因之铲叠嶂，不见神尧天下丧。文章胶漆元等观，鸡狗比邻相谯让。琴台汉上已成灰，破垒焦原百事哀。巴蛇吞象知无厌，黄鹤西飞遂不回。豪情壮思归何处，梦中勋业风前絮。（君在汉上曾贻书见语朝野抗战情绪之热烈。）只今粤俗上迎禨，浪说留侯曾借箸。伏波山下酒初醒，一别漓江入杳冥。丹穴空桐堪送老，白龙青鸟惜零丁。（白龙洞、青鸟峰并在宜山。）若知缘起都无性，始悟名言

三杯不记主人谁

1·72

一肩担尽古今愁

折得荷花浑忘却，空将荷叶盖头归。

离四病。如江印月鸟飞空，幻报何妨论依正。画师示现无边身（《华严经》偈云：“心如工画师，能画诸世间。”予每谓君三界唯心亦即三界唯画），痴与无痴共一真。骑得虎头作龙猛，会看地狱变天人。（顾恺之小字虎头。龙树菩萨，玄奘译名龙猛。唐阎立本画地狱变相，君尝题其画曰“人生诸相”，其实今之人生活与地狱不别。予尝谓君：画家之任，在以理想之美，改正现实之恶。故欲其画诸天妙庄严相，以彼易此，使大地众生同种智，则君之画境必一变至道矣！）

戊寅旧历重阳　蠲戏老人漫书

《子恺漫画全集之二·儿童相》序

文 / 马一浮

吾友月臂大师为予言：丰君子恺之为人，心甚奇之，意老氏所谓专气致柔复归于婴儿。

子恺之于艺，岂其有得于此邪？若佛五行中有婴儿行，其旨深远，又非老氏所儿。然艺之独绝者往往超出情识之表，乃与婴儿为近。婴儿任天而动，亦以妄想，缘气尚浅，未与世俗接耳。今观子恺之贵婴儿，其言奇恣直，似不思议境界。盖子恺目中之婴儿，乃真具大人相，而世所名大人，嵬琐忿矜，乃真失其本心者也。赵州有孩子六识话，予谓子恺之画宜名孩子五阴，试以举似。月臂大师当以予为知言。

丁卯九月书与丰子恺教授　蠲叟

脱鞋

小梦

第八碗饭

校园中的Pairs

《子恺漫画选》（彩色版精装本）自序

文 / 丰子恺

二十六年（1937）冬，我为日寇所逼，仓皇出走，连自己所积藏的画稿都没有拿，任它们跟缘缘堂一起被毁了。我到后方住定之后，开始补作，把旧作记忆出来，把新作添加进去。积了八年，新旧共得二百六十幅，比战前所藏多了一倍。此次复员路上，在重庆、汉口、上海展览的，便是这二百六十幅藏画。

每次展览，我自己不到会场则已，若到会场，必然受到许多观者的要求：“先生可否把这些画彩色影印出来，装订成册，让大家可以买回去欣赏？”有的人选了好几次，重订（我的画展作品皆非卖，但可重订，即另绘一幅）了四幅乃至八幅，对我说：“我恨不得重订全部。可惜没有这许多钱。你何不彩色刊印出来？我一定买一百部来分送朋友。”我感谢他们的好意，抱歉地回答：“我原想如此，但因彩印成本太大，销路无把握，书店不肯接受，自己又无能力。所以只得等待将来的机会了。”

不料机会近在目前：上海画展闭幕后，君匋弟就向我提议，用彩色影印，由他所主持的万叶书店出版。我当然一口答应。就会同君匋、恭则[1]诸友，选了三十六幅，刊印这初集。这三十六幅，虽然只有全部藏画的七八分之一，但包含我的作品的各种笔调。说它是我的画展的缩图或拔萃，也无不可。但为许多观众的诚挚的要求，我准拟续选续印。这一点君匋弟也是同意的。

三十五年（1946）十一月十七日

子恺记于杭州功德林

---

① 钱君匋、陈恭则均为万叶书店创办人。

海陆空

种果得果

《又生画集》自序

文 / 丰子恺

我初作漫画，正当开明书店初创办。初办的开明书店刊印初作的《子恺漫画》，已是二十年前的事了。这二十年的后半，是抗战期。我弃家逃难，颠沛流离；开明书店总厂被焚，藏版尽毁。我的漫画集停刊，约有十年之久。抗战期内我在大后方的万山中将绝版的画集七八册重绘一遍，交开明书店重印，就是最近胜利后出版的《子恺漫画全集》。我重绘这全集的原稿的时候，正是战讯恶劣、胜利无望、我身存亡未卜的时候。我满以为我今生没有再作新画集的可能，这全集真是“全”集了。岂知天意不亡中国，胜利居然光临；我竟得安然生还，重操画笔；开明书店竟得重整旗鼓，于二十年后再来刊印我的新作画集。这真是意想不到的奇迹！这里我不伦不类地想起了阿 Q 的话“二十年又是一个”，自己觉得好笑。

卅四年八月十日之夜

嗟来食！

胜利已至胡不归

蜀道

人生没有几个二十年。我在这二十年中历尽艰辛，九死一生，幸而还是眼明手健，能为胜利后的各报志作画，不到半年就集成这册子，真是我生一大乐事！我想出了，这不是“二十年又是一个”，这叫作“野火烧不尽，春风吹又生”。我就名这册子为《又生画集》。我家抗战期中生在广西的八岁幼儿新枚作扉画。二十年前的《子恺漫画》的封面，是他的姐姐阿宝和软软合作的。现在阿宝叫作丰陈宝，软软叫作丰宁馨，都已大学毕业，在中学当教师了。

卅六年（1947）二月十四日子恺记

于金陵号第二车厢第十二号座上

今朝卖谷得青钱，自出街头买彘肩。
草火燎来香满屋，未曾下箸已流涎。

昔年欢宴处，树高已三丈。

《劫余漫画》自序[①]

文 / 丰子恺

日寇侵华，二十六年（1937）冬以迂回战术犯我故乡石门湾。余仓皇出奔，仅以身免。八年间辗转黔桂川陕诸省，遥望江南，肝肠断绝！天佑中国，转败为胜。奏凯归来，亟返故乡，而故乡缘缘堂已由焦土变为草原。昔日欢聚之处，野生树木高数丈矣！回忆堂中图书，尽成灰烬，不胜痛惜！忽有亲友，携书物一箱来晤，曰："此缘缘堂被毁前一日侥幸代为抢出者，藏之十年矣，今以归还物主。"启箱视之，旧书若干、函牍无数而外，复有画稿一束，乃出奔前所作，未及发表，不能带走，而委弃于堂中者。事隔十年，当日创作情景，历历在目。抚纸长叹，不胜感慨，此画应毁而不毁，已失而复得，可谓劫中奇迹，虎口余生，安得不加珍惜？遂为检点修整，得三十幅，

① 《劫余漫画》系 1949 年 5 月 20 日上海万叶书店出版。——编者注。

待得来年重把酒，那知无雨又无风。

要讲话，先来比比拳头看。

日暮乡关何处是，烟波江上使人愁。

“回乡豆！”（复员期重庆小景）

众擎易举

张家长李家短

加以流亡中复员期所作三十幅，共六十幅，蔚然成册，付万叶书店刊印。此画之终得问世，与我身之终得生还，皆劫中奇迹，虎口余生也。固名之曰《劫余漫画》。

三十六年（1947）万愚节（愚人节）

子恺记于杭州湖边小屋

劝鸟且莫啼高声，娇儿甫眠恐惊醒。

《幼幼画集》自序

文 / 丰子恺

二十年前我作漫画，曾经刊印许多画集。这些集子里所描写的，半是儿童生活。因为那时候我家里孩子很多，而我欢喜赞颂儿童生活的天真，所以笔底下写出来的都是儿童。经过了二十年的忧患和丧乱之后，我已垂垂向老，我家的孩子们已经变成大人。但我仍旧欢喜描写儿童。不过我自己家里模特儿很少，只有一个抗战中生在广西的现已八岁的男孩新枚。我须得向外去找模特儿。我的外孙菲君，以及我的邻家、朋友家、亲戚家的孩子，都是我的模特儿。这些模特儿大都是叫我“公公”的了。因这缘故，我现在把这册描写儿童生活的画集命名为《幼幼画集》。幼幼是“幼吾幼，以及人之幼”之意，还有，我所描写的儿童大都是第二代的幼儿，幼儿的幼儿，所以我用两个“幼”字，又另有一种意味。我在成都少城公园中看见一爿小桥，名叫幼幼桥，大约也是“幼吾幼”之意。但这两字用在桥上，不及用在这册画集上来得适当。我就不客气地借用了。封面上的字是托新枚写的。

三十六年（1947）三月二十三日
在杭州西湖边上的寓屋中作　丰子恺

踉仓趋讲席，诵读斗高声。
我亦曾如此，而今白发生。

凳子是桌，桌子是屋，饼干罐头是凳子，花瓶是烟囱。

车即是船，船即是车。

“飞机高，飞机低。”

鹞鹰拖小鸡

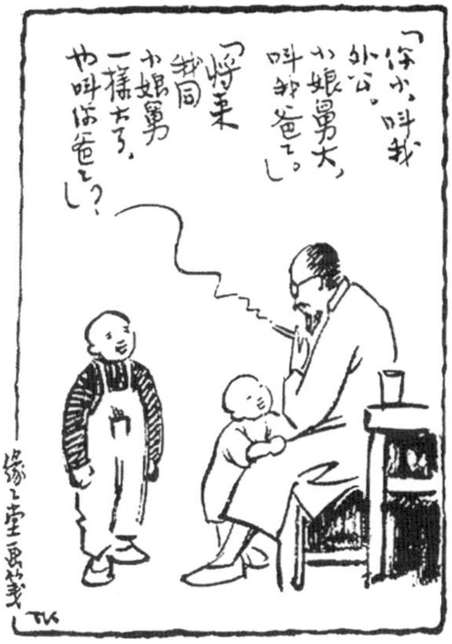

“你小，叫我外公。小娘舅大，叫我爸爸。”
“将来我同小娘舅一样大了，也叫你爸爸？”

告辞

《丰子恺画存》自序

文 / 丰子恺

胜利复员后居江南，而我的画寄与北方的天津《民国日报》者最多。因为我从重庆返上海后，第一个来访的记者是该报驻沪的记者尹雪曼先生。复员后我的画第一次受特约的是该报。特约之后，在天津的刘峄莘先生常常来函催稿，我就按月将稿寄去。一年半以来，未曾间断。有许多人因为常在天津报上读我的画，而以为我住在天津，或竟当我是天津人。我很高兴。因为先师弘一法师（即李叔同先生）是天津人。我虽没有到过天津，而天津话从小听惯，对天津时生憧憬。“天津桥上杜鹃啼”（李叔同先生句），我读此句，想象天津是个诗境。因此，为天津报作画，我很高兴。近得刘先生来信，说画稿已积到一百数十幅，他们想汇集起来出一个画册，我也高兴。但我没有选剔过，不拘好坏，由他们汇刊吧。这又教我想起弘一法师写的一张横额：“聋人也唱胡笳曲，好恶高低自不闻。”这就算序。

三十七年（1948）一月十二日于杭州

卖花担上，买得一枝春欲放。

为坐船而坐船

从医院回来

公公的年龄大于我们十个人

有情世界

当时共我赏花人，检点如今无一半。

自己诊察

屋漏在上，知之在下。

母子

《绘画鲁迅小说》[1] 序言

文 / 丰子恺

抗战初年，我在广西宜山[2]的荒村中，曾经为鲁迅先生的《阿 Q 正传》译作绘画，寄交上海开明书店刊印。这是十年前的事了。最近我翻阅鲁迅先生全集，觉得还有许多篇小说，可以译作绘画。我选了八篇，逐篇绘图，便是这一部四册里的一百四十幅。

我作这些画，有一点是便当的。便是，这些小说所描写的，大都是清末的社会状况。男人都拖着辫子，女人都裹小脚，而且服装也和现今大不相同。这种状况，我是亲眼见过的。辛亥革命时，我十五岁。我曾做过十四五年的清朝人，现在闭了眼睛，颇能回想出清末的社会形相来。所以我作这些画，比四十岁以下的画家便当得多。

---

① 《绘画鲁迅小说》系作者据鲁迅小说作的绘画集，共四册，1950 年 4 月由上海万叶书店出版。——编者注

② 是在桂林。——编者注 。

白光

风波

社戏

孔乙己

故乡

明天

药

祝福

鲁迅先生的小说，大都是对于封建社会的强力的讽刺。赖有这种强力的破坏，才有今日的辉煌的建设。但是，目前的社会的内部，旧时代的恶势力尚未全部消灭，破坏的力量现在还是需要。所以鲁迅先生的讽刺小说，在现在还有很大的价值。我把它们译作绘画，使它们便于广大群众的阅读，这好比在鲁迅先生的讲话上装一个麦克风，使他的声音扩大。

《阿 Q 正传》因为早已由开明书店出版，而且还在印行，所以不再收在这集子内了。

一九四九年十二月十四日　丰子恺记于上海

我们设身处地，想象孩子们的生活（其一）。

《子恺漫画选》[1] 自序

文 / 丰子恺

一九五四年秋天，人民美术出版社来信，提议刊印我旧作漫画的选集，并且教我自己选定。我对刊印表示同意，但要求由我请托王朝闻同志代选。因为我相信客观意见往往比主观意见正确，而且王朝闻同志前年曾经在《人民日报》上发表过关于我的画的文章（此文后来收集在他的《新艺术论集》中），请他选画最为适当。人民美术出版社对我表示同意，王朝闻同志也慨允我的请求，这画集便选定了。

人民美术出版社和王朝闻同志都希望我自己写一篇序言，对读者谈谈我当时的创作经验，借王朝闻同志的话来说，便是要我说明我“怎么会发生《阿宝两只脚，凳子四只脚》这种作品的创作冲动”。他们的意思都是希望我的话能给读者做参考，帮助他们在生活中发现画材。

① 《子恺漫画选》系 1955 年 11 月人民美术出版社出版。——编者注。

然而真惭愧，我创作这些画时的动机实在卑微琐屑得很，全然没有供读者做参考的价值。因为这无非是家庭亲子之情，即古人所谓“舐犊情深”，用画笔来草草地表现出罢了，其实全不足道。不过既蒙嘱咐，姑且把三十年前的琐事和偶感约略谈谈：

我作这些画的时候，是一个已有两三个孩子的二十七八岁的青年。我同一般青年父亲一样，疼爱我的孩子。我真心地爱他们：他们笑了，我觉得比我自己笑更快活；他们哭了，我觉得比我自己哭更悲伤；他们吃东西，我觉得比我自己吃更美味；他们跌一跤，我觉得比我自己跌一跤更痛……我当时对于我的孩子们，可说是“热爱”。这热爱便是作这些画的最初的动机。

我家孩子产得密，家里帮手少，因此我须得在教课之外帮助照顾孩子，就像我那时有一幅漫画中的“兼母之父”一样。我常常抱孩子，喂孩子吃食，替孩子包尿布，唱小曲逗孩子睡觉，描图画引孩子笑乐；有时和孩子们一起用积木搭汽车，或者坐在小凳上“乘火车”。我非常亲近他们，常常和他们共同生活。这“亲近”也是这些画材所由来。

由于“热爱”和“亲近”，我深深地体会了孩子们的心理，发现了一个和成人世界完全不同的儿童世界。儿童富有感情，却缺乏理智；儿童富有欲望，而不能抑制。因此儿童世界非常广大自由，在这里可以随心所欲地提出一切愿望和要求：房子的屋顶可以要求拆去，以便看飞机；眠床里可以要求生花草、飞蝴蝶，以便游玩；凳子的脚可以给穿鞋子，房间里可以筑铁路和火车站，亲兄妹可以做新官人和新娘子，天上的月亮可以要它下来……成人们笑他们“傻”，称他们的生活为“儿戏”，常常骂他们“淘气”，禁止他们“吵闹”。这是成人的主观主义看法，是不理解儿童心理的人的粗暴态度。我能热爱他们，亲近他们，因此能深深地理解他们的心理，而确信他们这种行为是出于真诚的、值得注意的，因此兴奋而认真地作这些画。

进一步说，我常常“设身处地”地体验孩子们的生活，换一句话，我常常自己变了儿童而观察儿童。我记得曾经作过这样的一幅画：房间里有异常高大的桌子、椅子和床铺。一个成人正在想爬上椅子去坐，但椅子的座位比他的胸脯更高，他努力攀跻，显然不容易爬上椅子；如果他要爬到床上去睡，也显然不容易爬上，因为床同椅子一样高；如果他想拿桌子上的茶杯来喝茶，也显然不可能，因为桌子面同他的头差不多高，茶杯放在桌子中央，而且比他的手大得多。这幅画的题目叫作《设身处地做了儿童》。这是我当时的感想的表现：我看见成人们大都认为儿童是准备做成人的，就一心希望他们变为成人，而忽视了他们这准备期的生活。因此家具器什都以成人的身体尺寸为标准，以成人的生活便利为目的，因此儿童在成人的家庭里日常生活很不方便。同样，在精神生活上也都以成人思想为标准，以成人观感为本位，因此儿童在成人的家庭里精神生活也很苦痛。过去我曾经看见：六七岁的男孩子被父母亲穿上小长袍和小马褂，戴上小铜盆帽，教他学父亲走路；六七岁的女孩子被父母亲带到理发店里去烫头发，在脸上敷脂粉，嘴上涂口红，教她学母亲交际。我也曾替他们作一幅画，题目叫作《小大人》。现在想象那两个孩子的模样，还觉得可怕，这简直是畸形发育的怪人！我当时认为由儿童变为成人，好比由青虫变为蝴蝶。青虫生活和蝴蝶生活大不相同。上述的

我们设身处地，想象孩子们的生活（其二）。

成人们是在青虫身上装翅膀而教它同蝴蝶一同飞翔，而我是蝴蝶敛住翅膀而同青虫一起爬行。因此我能理解儿童的心情和生活，而兴奋地认真地描写这些画。

以上是我三十年前作这些画时的琐事和偶感，也可说是我的创作动机与创作经验。然而这都不外乎“舐犊情深”的表现，对读者有什么益处呢？哪里有供读者参考的价值呢？怎么能帮助他们在生活中发现画材呢？

无疑，这些画的本身是琐屑卑微，不足道的。只是有一句话可以告诉读者：我对于我的描画对象是“热爱”的，是“亲近”的，是深入“理解”的，是“设身处地”地体验的。画家倘能用这样的态度来对付更可爱的、更有价值的、更伟大的对象而创作绘画，我想他也许可以在生活中——尤其是在今日新中国的生气蓬勃的生活中——发现更多的画材，而作出更美的绘画。如果这句话是对的，那么这些话总算具有间接帮助读者的功能，就让它们出版吧。

附记：

王朝闻同志在百忙中替我选画，我衷心地感谢他。还有这画集的封面题字，是封面画中的阿宝（她现在叫作丰陈宝，已经是三十六岁的少妇了）的女儿朝婴所写的，她们母女俩代替我完成这封面，也是难得的事，不可以不记。

一九五五年元宵　丰子恺记于上海

阿宝

《子恺漫画选》后记

文 / 王朝闻

今年春天，我到京郊“四季春”蔬菜合作社参观，听见劳动模范李墨林说了一些有趣的话。他介绍黄瓜在成长过程中的特点，好像不是在谈农作物；他把黄瓜看成会说话的小孩子：“他们饿了，吃多了，渴了，喝多了，都要嚷嚷。”

黄瓜不是孩子，怎么会说话呢？劳动模范不考虑粗暴的批评者会责备他违反现实；他充分了解瓜苗、瓜叶在各种情势之下的具体表现，热爱这种表现，因而在介绍的时候，情不自禁地把它拟人化了。劳动模范不会写诗，但这种动人的语言较之硬写出来的诗句更接近艺术。子恺先生其所以能够情绪饱满地描写天真的、动人的孩子的幸福以及他们的不幸，作品具有浓厚的诗意，主要因为他和劳动模范一样，十分熟悉和挚爱描写的对象，以及憎恨造成儿童的不幸的社会原因，能够像演员进入角色一样，使自己具备了一定情势之下的儿童的精神状态，真正懂得他们的情绪、愿望、幻想以及痛苦。

至今在美术创作里还残留着这样的现象：作者冷淡地记录了一些琐屑的

漫画原稿

晚归

现象，不明白他究竟企图“告诉”读者一些什么非“说”出来不可的感受，谈不到趣味、魅力和诗意。很可能是因为作者自己本来没有什么深切的感受，缺乏非“说”不可的冲动，无非照样模仿对象的外表。子恺先生的许多漫画和这相反，所以它是动人的。

有人以为子恺漫画之所以动人，在于运用了中国式的笔墨。这种说法是不对的。要是离开了作品的内容，不论《脚踏车》《阿宝两只脚，凳子四只脚》和《瞻瞻底梦》的笔墨多么巧妙，都不能深刻感动读者。子恺先生几十年的作品，同样是运用了流利的洗练的和平易的笔墨，但不都是同样动人的。

二重饥荒

“头彩十六片”

子恺漫画的模仿者，曾经在笔墨上下了功夫，可惜结果是东施效颦。

有人以为子恺漫画之所以动人，在于描写的是儿童，因为儿童总是逗人爱的。这也不能说明这些作品的好处。儿童从来都不是画家不愿意描写的对象，读者却没有被所有的描写儿童的绘画感动。如果把儿童当成化了装的成人来描写，即令画的是儿童，其效果也只能使读者感到乏味。

每个成人都是由儿童发展起来的，而且今天也有接近儿童的机会；但子恺漫画所描写的，不是任何人都已经注意到了的，感到它是值得描写的。这

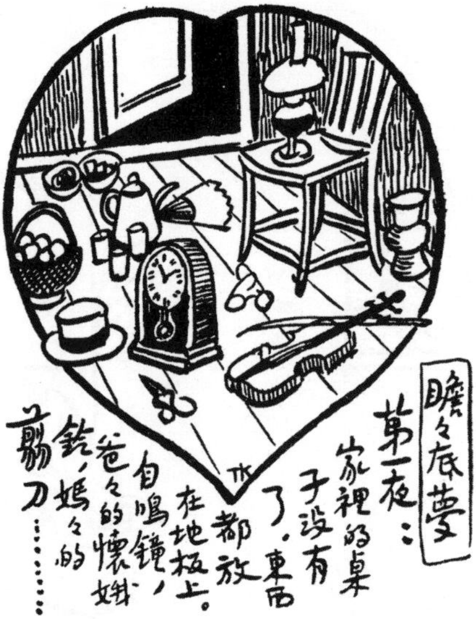

瞻瞻底梦第一夜

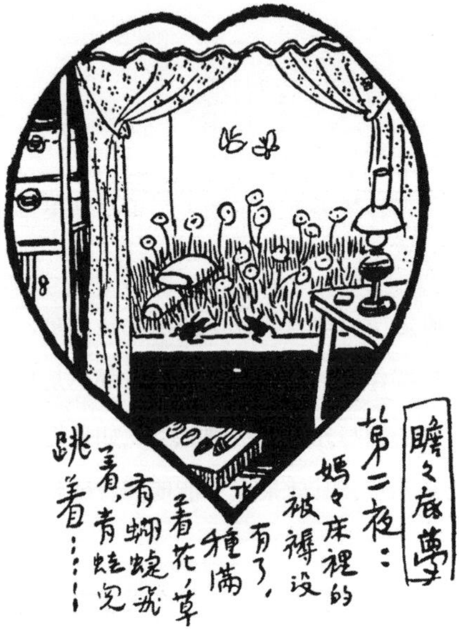

瞻瞻底梦第二夜

瞻瞻底梦第三夜

瞻瞻底梦第四夜

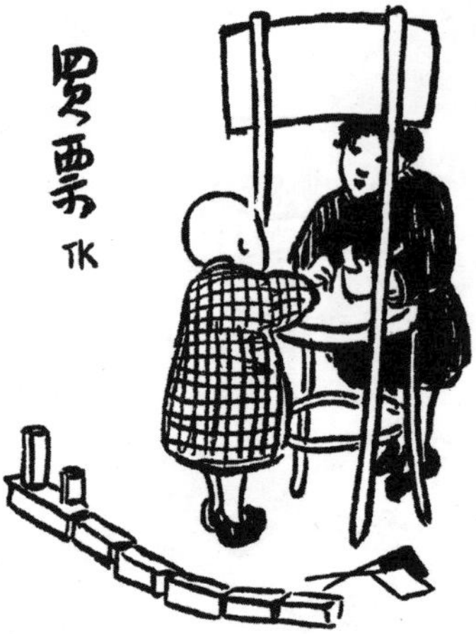

买票

些漫画集的大部分作品，恰巧抓住了不一定被人注意而又是逗人爱的东西，自然地、亲切地而不是存心显得紧张地加以描写，让读者在不知不觉的状况中接受作者挚爱儿童的宣传；虽然不见得作者存心要做这种宣传。这本集子后一部分作品，例如富于讽刺力量的《新生活运动提灯大会所见》和悲剧性的《最后的吻》，表现的是人吃人社会中的儿童的不幸；较之《瞻瞻底梦》所给人的感染作用，完全两样。但作为漫画、作为艺术来看，同样具备上述的善于把握最动人的东西的特点。

凡是对人有益而且使人入迷的作品，至少不是普通现象的平板的乏味的记录，也不是惊人现象的不能令人信服的捏造。只能从生活的局部和片段以反映生活的艺术，不论反映的是意义重大的阶级斗争还是日常生活、自然风景，从怎样反映这一角度来看，都必须选择和构想出富于代表性的也就是最精彩的东西，而且运用的是自然的也是独创性的方式来表现。不论是直接从生活观察和体会得来的，还是充分发挥想象从而虚构出来的，子恺漫画显得毫不吃力地表现了儿童生活中精彩的东西。因为它表现了特殊情势之下的儿童的情绪、愿望和幻想，读者在不知不觉的状态中受到它的吸引、控制和说服。

现象愈平常愈需要技巧。描写了并非惊天动地的重大事件的这些漫画，不论在造型方面是不是已经完全可以令人满意，可是，连标题在内，它符合艺术的特殊要求，概括地具体地也是情绪饱满地反映了生活，因而也具备了艺术的威力。不论其他美术家是不是也要画儿童，不论是不是也要运用漫画这一艺术形式，不论笔墨繁简和题材规模的大小，这本画集在创作上可能产生启发作用。

虽然这本集子里的作品是从作者一九二五年至一九三五年的作品中选出来的，不是反映今天的生活，但我想，认真的读者会从这些会说话的作品本身吸取知识，帮助自己提高反映今天的生活的能力。虽然这些作品不应该成为模仿的对象，而让读者从另一个画家的笔下读到子恺漫画的翻版，它却应该流传。

我不打算再说什么了。如同农作物会向劳动模范说话一样，这些作品本身会向认真的读者说话的。

王朝闻　一九五五年三月七日

阿宝两只脚，凳子四只脚。

子恺的画——《丰子恺遗作》代序

文 / 叶圣陶

推算起来大概是一九二五年的秋天，那时子恺在立达学园教西洋绘画，住在江湾。那一天振铎和愈之拉我到他家里去看他新画的画。

画都没有装裱，用图钉别在墙壁上，一幅挨一幅的，布满了客堂的三面墙壁。这是个相当简陋而又非常丰富的个人画展。

有许多幅，画题是一句诗或者一句词，像《卧看牵牛织女星》《翠拂行人首》《无言独上西楼》等等。有两幅，我至今还如在眼前。一幅是《今夜故人来不来，教人立尽梧桐影》。画面上有梧桐，有站在树下的人，耐人寻味的是斜拖在地上的长长的影子。另一幅是《人散后，一钩新月天如水》。画的是廊下栏杆旁的一张桌子，桌子上凌乱地放着茶壶茶杯。帘子卷着，天上只有一弯残月。夜深了，夜气凉了，乘凉聊天的人散了——画面表现的正是这些画不出来的情景。

此外的许多幅都是从现实生活中取材的，画孩子的特别多。记得有一幅

挑荠菜

《阿宝赤膊》，两条胳膊交叉护在胸前，只这么几笔，就把小女孩的不必要的娇羞表现出来了。还有一幅《花生米不满足》，后来佩弦谈起过，说看了那孩子争多嫌少的神气，使他想起了“惫懒的儿时”。其实描写出内心的“不满足”的，也只是眼睛眉毛寥寥的几笔。

此外还有些什么，我记不清了；当时看画的还有谁，也记不清了。大家看着墙壁上的画说各自的看法，有时也发生一些争辩。子恺谢世后我写过一首怀念他的诗，有一句“漫画初探招共酌”，记的就是那一天的事。“共酌”是共同斟酌研讨，并不是说在子恺家里喝了酒。总之，大家都赞赏子恺的画，并且怂恿他选出一部分来印一册画集，那就是一九二五年底出版的《子恺漫画》。

那一天的欢愉是永远值得怀念的。子恺的画开辟了一个新的境界，给了我一种不曾有过的乐趣。这种乐趣超越了形似和神似的鉴赏，而达到相与会心的感受。就拿以诗句为题材的画来说吧，以前读这首诗这阕词的时候，心中也曾泛起过一个朦胧的意境，正是子恺的画笔所抓住的。而在他，不是什么朦胧的了，他已经用极其简练的笔墨，把那个意境表现在他的画幅上了。

从现实生活中取材的那些画，同样引起我的共鸣。有些事物我也曾注意过，可是转眼就忘记了；有些想法我也曾产生过，可是一会儿就丢开，不再去揣摩了。子恺却有非凡的能力把瞬间的感受抓住，经过提炼深化，把它永远保留在画幅上，使我看了不得不引起深思。

教育

卧看牵牛织女星

好梦

隔了一年多，子恺的第二本画集出版了，书名直截了当，就叫《子恺画集》。记得这第二本全都从现实生活取材，不再有诗句词句的题材了。当时我想过，这样也好，诗词是古代人写的，画得再好，终究是古代人的思想感情。“旧瓶”固然可以“装新酒”，那可不是容易的事，弄得不好就会落入旧的窠臼。现实生活中可画的题材多得很，尤其是子恺，他非常善于抓住瞬间的感受，正该从这方面舒展他的才能。

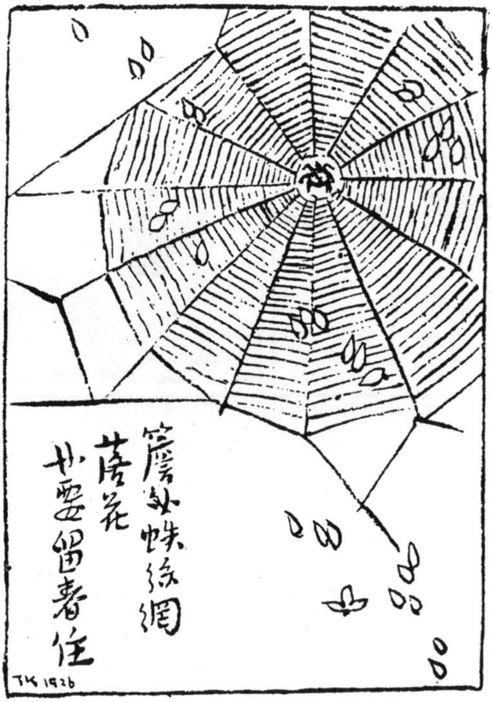

檐外蛛丝网落花，也要留春住。

佩弦的意见跟我差不多，他在《子恺画集》的跋文中说：“本集索性专载生活的速写，却觉精彩更多。”他称赞的《瞻瞻底车》和《阿宝两只脚，凳子四只脚》，这几幅都是我非常喜欢的。还有佩弦提到的《东洋与西洋》和《教育》，我也认为非常有意思。《东洋与西洋》画一个大出丧的行列，开路的扛着“肃静”“回避”的行牌，来到十字路口，让指挥交通的印度巡捕给拦住，横路上正有汽车开过——东方的和西方的，封建的和殖民地的，在十字路口碰头了，真是耐人深思的一瞬间啊！《教育》画的是一个工匠在做泥人，他板着脸，把一团一团泥使劲往模子里按，按出来的是一式一样的泥人。是不是还有人在认真地做这个工匠那样的工作呢？直到现在，还值得我们深刻反省。

第二本画集里还有好些幅工整的钢笔画。其中的《挑荠菜》《断线鹞》《卖花女》，曾经引起当时在北京的佩弦对江南的怀念。我想，要是我再看这些幅画，一定会像佩弦一样怀念起江南、怀念起儿时来。扉页上还有一幅钢笔画，画一个蜘蛛网，粘着许多花瓣儿，中央却坐着一个人。扉页背面印上了两句古人的词：“檐外蛛丝网落花，也要留春住。”这样看来，蜘蛛网中央的人就是子恺自己了。他大概要说明，他画这些画，无非为了留住一些刹那间的感受。我连带想到，近来受了各方面的督促，常常要写些回忆老朋友的诗文，这就有点像子恺画在蜘蛛网中央的那个人了。

一九八一年七月二日　叶圣陶

栏杆十二曲，垂手明如玉。

《丰子恺精品画集》序言

文 / 广洽法师

阅尽沧桑六十年，可歌可泣几千般。

有时不暇歌和泣，且用寥寥数笔传。

这是吾友子恺居士所作的诗。短短二十八个字，画龙点睛般道出了他一生作画的缘由。

子恺居士遗作书画两百多幅曾于去年十二月来新加坡展出。参观过这次展览会的人，一定深为画中可歌可泣的内容所感动。作者用五寸不烂之笔揭露社会的黑暗，斥责人间的不平等相。他发扬正气，歌颂光明，赞美率真，宣传护生。这些斥妄显正的画富有深刻的教育意义，非一般纯粹供欣赏用的山水花鸟画所可比拟。

衲自一九三一年通过弘一大师的介绍得识子恺居士以来，迄今已逾半世纪。子恺居士谢世虽已近十三载，但他的音容至今仍在衲的记忆中留下深刻的印象。他的血肉之躯虽已化为灰烬，但崇高的精神永垂不朽，通过他的书画文章，在读者心中扎下了根，催发了芽。

两小无嫌猜

柳下相逢握手手

茅店

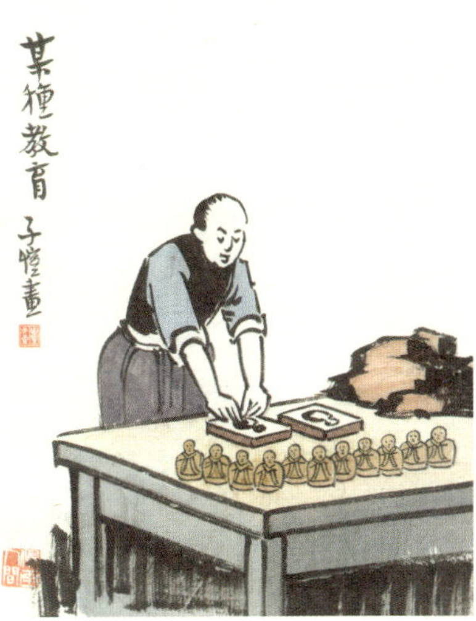

某种教育

子恺居士对衲情同手足，曾为衲作了不少书画。衲以为此等书画不宜由衲私藏，而应公之于世，求得广大的读者。因此，衲曾在子恺居士生前卒后为他集资出版了《护生画集》第一至六册和《大乘起信论新释》《丰子恺先生年表》《丰子恺致广洽法师书信选》《子恺漫画及其师友墨妙》《丰子恺书画》《丰子恺遗作书画展特刊》等书籍。以上均系非卖品，但流传广泛，影响不小。

去年所展出的二百多幅作品，据子恺居士的子女说，是他生前最珍爱的，是他把可歌可泣的内容“且用寥寥数笔传”出的成果。子恺居士不欲使这些

前面好青山，舟人不肯住。

珍品秘藏箱柜，他曾以这些画举行过二十多次展览，给观众产生过不可估量的影响。衲以为展览虽能扩大影响，但终不及结集出版，更可以不受地点的限制，流传到世界各国；也可以不受时间的限制，代代相传，流芳百世。故新加坡展览一闭幕，衲即征得这些珍品的收藏者子恺居士的幼子新枚的同意，筹备出版事宜。

蒙各方慈善机构及大德之士同心协力，使这本画册得以顺利问世，堪以告慰子恺居士在天之灵。

炮弹作花瓶，万世乐太平。

衲年届九旬，以有生之年为广大读者在文化教育方面尽一点力，这是衲义不容辞的责任。

希望这本画册能在读者心中起到制恶扬善的教育作用，则衲心愿足矣。

谨向为此画册分劳出力的诸位善士致谢。

一九八八年四月于薝葡院　广治（印章）

爱的收支相抵

《丰子恺精品画集》序言

文 / 钱君匋

恺师的漫画，最初都是以焦墨作成的黑白画面，最早的一本《子恺漫画》，一九二五年由开明书店出版，我首次当了责任编辑，是毛边的平装本。第二本《子恺画集》，仍由开明出版，责任编辑还是我，但已不是毛边的书了。这两本书虽然在当时一版、再版、三版……尽管发行得很多，在读者中能把它保存到现在的，恐怕已是凤毛麟角了。

我离开开明书店没有几年，就爆发了抗日战争，我被逼在湘鄂粤等地转徙了一圈再回到上海，上海已成孤岛。在那时我和几个趣味相投的朋友，创办了万叶书店，朋友们公推我负责店务，包括编辑。书店除出版发行小学校用的音乐美术教材外，还出版了月刊《文艺新潮》和《文艺新潮小丛刊》，月刊上有恺师的文章，从书中有恺师的散文《率真集》，同时出版了他的《大树画册》《毛笔画册》《劫余漫画》和《绘画鲁迅小说》等，这些画册的画面，仍然是黑白的。接着万叶书店又第一次为他出版了一本彩色版《子恺漫画选》，这些作品都是从他在抗战中流转到大后方所作的彩色漫画二百余幅中精选出来的。本来约定还要继续出几本，后来种种原因，没有成为事实。

大树垂枝，保我赤子。

茶店一角

到了一九八三年六月，人民美术出版社出版了毕克官编选的《子恺风景画集》，这是第二本用彩色印刷的恺师的漫画，但只限于风景画，不够全面。今天这本《丰子恺精品画集》，是他的第三本用彩色印成的漫画。以前的两本，一本出版在四十年代，当时印刷技术没有现在的进步，一本出版在八十年代，虽然较第一本为上，但开本太小，画面看来较为局促，因此总觉得有点美中不足。现在这本是新加坡印刷出版的，所收作品，各方面都有，不限于风景画，那就全面了，加之所采用的分色版和纸张等，都较国内来得精美而上乘，所以它的印刷效果已达到与原作差不离的程度，这是最理想的一本。

冬日可爱

旧时王谢堂前燕

我和恺师是同乡，他住石门湾，我住屠甸镇，所以本来并不相识，当我决定要研习美术时，通过恺师石门湾的友人、我的老师钱作民先生的介绍，到上海艺术师范拜见丰老，得以免试入学。在他的教诲下，我逐步取得了艺术方面的学识，这才跨进了这个圈子，终生不逾。恺师对我倍加爱护，在漫长的岁月里，我们往来频繁，除了谈艺论文外，也饮酒出游，我受他的影响最多最深。恺师写信给我，送画给我，信不下三四百通，画不下三四十幅，可见关系之密了。十年浩劫，这些信以及其他师友的手札全部被毁！画亦大多不知去向。恺师晚年，依然精神振作，对前途充满信心，还要我刻印章钤

风云变幻

得其所哉，得其所哉。

在新作的画上。尽管受尽非人的折磨，他都处之泰然，真有下联的况味：

宠辱不惊，看庭前花开花落；
去留无意，任天际云卷云舒。

他的崇高伟大，使所有的人都非常景仰！

《丰子恺精品画集》是由当代高僧广洽法师倡议出版的，广洽法师和恺师都是弘一大师的贤弟子，他们是莫逆之交，情同昆仲。恺师和法师结识之后，身居两地时，鱼雁常通，广洽法师把积存的珍贵来鸿辑为《丰子恺致广洽法师书信选》出版，他们之间的交谊在这些书信中体现了出来。恺师离开人间后的今天，广洽法师仍不忘旧，又倡议为他出版画集，作为永远的怀念，法师待人诚挚崇高，同样使人万分景仰，是我们的楷模！

一九八八年四月十二日于抱华精舍灯下（印章）

家住夕阳江上村，一弯流水绕柴门。
种来松树高于屋，借与春禽养子孙。

《敝帚自珍》序言①

文 / 丰子恺

予少壮时喜为讽刺漫画，写目睹之现状，揭人间之丑相，然亦作古诗新画，以今日之形相，写古诗之情景。今老矣！回思少作，深悔讽刺之徒增口业而窃喜古诗之美妙天真，可以陶情适性，排遣世虑也。然旧作都已散失，固追忆画题，重新绘制，得七十余帧。虽甚草率，而笔力反胜于昔，固名之曰《敝帚自珍》，交爱我者藏之。今生画缘尽于此矣！

辛亥年（1971）新秋　子恺识

① 是作者晚年为“爱我者”所作的一批画的序言，原件为毛笔手书，标点符号系编者所加。——编者注。

青山不识我姓氏，我亦不识青山名。
飞来白鸟似相识，对我对山三两声。

山到成名毕竟高

种瓜得瓜

图书在版编目（CIP）数据

好花时节不闲身：丰子恺漫画序跋集 / 杨子耘编；丰子恺绘. — 北京：北京时代华文书局，2023.10

ISBN 978-7-5699-5032-8

Ⅰ. ①好… Ⅱ. ①杨… ②丰… Ⅲ. ①序跋—作品集—中国—现代 Ⅳ. ①I266

中国国家版本馆CIP数据核字（2023）第166505号

拼音书名 | HAO HUA SHIJIE BU XIAN SHEN：FENG ZIKAI MANHUA XU BA JI

出 版 人 | 陈 涛
项目策划 | 文汇雅聚 · 虹信传媒
责任编辑 | 李 兵
特约编辑 | 蔡时真
责任校对 | 薛 治
装帧设计 | 李树声 樊 瑶
责任印制 | 訾 敬

出版发行 | 北京时代华文书局 http://www.bjsdsj.com.cn
北京市东城区安定门外大街138号皇城国际大厦A座8层
邮编：100011 电话：19568731532 010-64263661
印 刷 | 北京盛通印刷股份有限公司 010-52249876
（如发现印装质量问题，请与印刷厂联系调换）
开 本 | 880 mm × 1230 mm 1/32 印 张 | 8.625 字 数 | 210千字
版 次 | 2023年10月第1版 印 次 | 2023年10月第1次印刷
成品尺寸 | 145 mm × 210 mm
定 价 | 48.00元